可我不觉得辛苦，

你怎么会觉得我辛苦？

我明明是这个世界上最幸福的人。

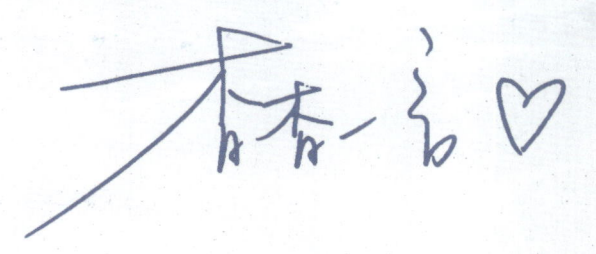

杏杏一言 著

满分设定

ManFen SheDing

图书在版编目（CIP）数据

满分设定 / 杳杳一言著 . -- 武汉：长江出版社，2025. 1. -- ISBN 978-7-5492-9911-9

I. I247.5

中国国家版本馆 CIP 数据核字第 2024SM3695 号

满分设定 / 杳杳一言 著
MANFEN SHEDING

出　　版	长江出版社
	（武汉市解放大道 1863 号 邮政编码：430010）
市场发行	长江出版社发行部
网　　址	http://www.cjpress.cn
责任编辑	李剑月
策划编辑	周　周
封面设计	蜀　黍
印　　刷	天津中印联印务有限公司
版　　次	2025 年 1 月第 1 版
印　　次	2025 年 1 月第 1 次印刷
开　　本	880mm×1230mm　　1/32
印　　张	8.5
字　　数	162 千字
书　　号	ISBN 978-7-5492-9911-9
定　　价	48.00 元

版权所有，侵权必究。如有质量问题，请与本社联系退换。
电话：027-82926557（总编室）　027-82926806（市场营销部）

MANFENSHEDING
目录

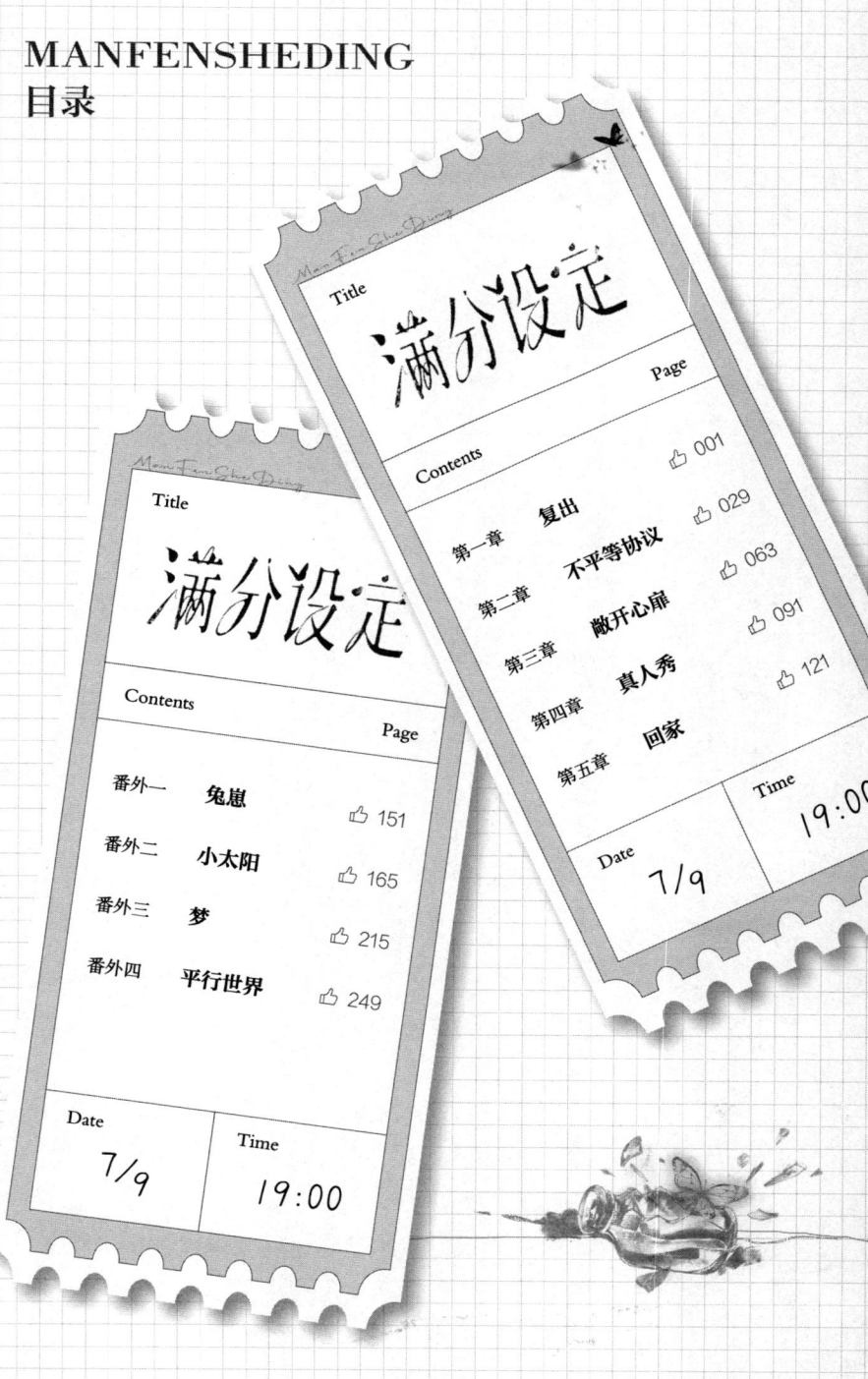

Contents			Page
第一章	复出		001
第二章	不平等协议		029
第三章	敞开心扉		063
第四章	真人秀		091
第五章	回家		121

Date 7/9　Time 19:00

Contents			Page
番外一	兔崽		151
番外二	小太阳		165
番外三	梦		215
番外四	平行世界		249

Date 7/9　Time 19:00

"小言,你消失的这半年,我都要担心坏了,打电话你也不接,发消息你也不回。"

"我不是告诉过你我没事吗?"

"那我也不放心哪。"

沈飞绕着涂言转了一圈,仔仔细细地检查了一下,才说:"你已经和顾家撇清关系了吧?顾家的那个残废不会再强迫你做他的生活护工了吧?"

涂言躺在酒吧的弧形沙发上,高高地跷着腿,手里端着一只酒杯,只是看着里面晃动的液体,但没有喝。他听到"残废"这两个字,眉头不自觉地皱了皱,下意识地反驳道:"他不是残废,就是有点儿腿疾——"

见周围人的目光汇聚过来,涂言解释到一半又闭上嘴,只说:"嗯,撇清了。"

坐在另一边的管南听见了,一副义愤填膺的样子,说:"你爸也真是的,公司还没破产呢,就急着让儿子去替自己还人情。"

旁边的人应和道："关键是你爸太不负责了，就算是要还顾家雪中送炭的人情，也没必要让你过去照顾顾家的那位，虽然我们知道你以前有段时间一直在病床边照顾你的母亲，但这和给一个陌生人当护工能一样吗？我听说他长得可丑了，走路还要拄拐。哎，你们有谁见过他吗？"

"没有，华晟的酒宴活动他从来不露面，鬼知道他长什么样子。"

"按理说他就算残疾了，还有亿万身家呢，有什么不好意思见人的，难不成他的脸也毁了？"

沈飞瞥见涂言的脸色越发差了，连忙给周围人使眼色："你们别说了，再说涂少都要吐出来了，人家刚刚自由，你们还在这儿给他添堵。来，来，来，喝酒，为涂少重新开启新生活，干杯！"

涂言勉强勾起嘴角，举起酒杯。烈酒入喉，如刀割一般难以下咽。

他不知道自己是怎么了。

按理说，他该为走向新生活感到开心。

可听见他们这样说那个人，他竟觉得有满腔怒火亟待发泄，可碍于面子只能强忍着。

酒喝到一半，沈飞微醺地凑过去，扭着身子偷偷打量了涂言一番。

涂言被他搞得心烦，不耐烦地说道："你看什么呢？"

沈飞笑了笑,说:"我想看看你在顾家有没有受苦。"

涂言愣了愣,手不自觉地摸了摸后颈。

"没,"涂言回答,"谢谢你的关心,但没你们想得那么夸张。"

对涂言突然道谢的行为,沈飞有些惊讶,笑了笑,说道:"以后都会好的。对了,小言,你以后还回去拍戏吗?"

一旁的管南搭了一句腔:"肯定要回去呀,不知多少人等着咱们涂少复出呢!"

涂言原本只和沈飞关系近些,和其他人最多是点头之交,也不知道这群人从哪里听来的消息,知道他被迫成了顾家二公子的生活护工,现在又重获自由,特地给他举办了一个派对。涂言碍于曾经的交情,只能过来,可从坐下来开始,他就没来由地心烦意乱,烦躁的心情难以平复。他放下酒杯,叉了一块水果塞进嘴里,不耐烦地点了点头,应道:"嗯。"

"那绝对轰动娱乐圈哪!"众人又聚回涂言的身边,举起酒杯,开始祝贺他涅槃重生。

"涂少,你虽然人不在江湖,但是江湖中处处有你的传说,我看上周还有媒体说,你消失是因为和何莹秘密结婚去了,笑死我了。"

沈飞是何莹的粉丝,连忙辩护道:"怎么?我觉得也就何莹这样的大美女配得上咱们小言。"

"是呀,何莹和咱们涂少拍的那个姐弟恋的电影不是很火吗？"

"但两个人在现实生活里没有半点儿交集呀，都是粉丝乱凑的，还编得像模像样，要不是了解涂少，我都要相信了。"

聊起这个话题，众人来了兴致，交流起圈子里有名的人物。

"你们的嘴怎么没个把门的？净胡说八道。"沈飞摆了摆手，让他们快闭嘴。

沈飞和涂言的关系最好，正准备跟他开个玩笑的时候，沈飞却发现涂言压根儿没参与他们的聊天，正出神地望着果盘。

沈飞推了推涂言，涂言才如梦初醒般回过神来，在众人讶然的目光下蓦地起身说道："那什么，我有点儿醉了，先回去了。"

众人看着他的背影，互相交换了眼神，既有不屑，也有不解。管南冷笑一声，饮尽了杯中的酒。沈飞想送送他，可涂言脚步飞快，已经出门走远了，沈飞心里有些疑惑，忍不住回头问众人："你们觉不觉得涂少好像变了不少？"

管南后仰躺下，说："被迫给一个残疾人当了半年的护工，这么屈辱的事，他能没变化？"

沈飞摇了摇头，想反驳，却苦于找不到一个形容词去形容这种变化。等这场酒喝完了，他醉醺醺地要去结账的时候，脑袋里才忽然闪现一个词。

柔和。

对，涂言变得柔和了，虽然还是有很多刺在身上，却不像以前那样难以亲近了。

经纪人给涂言定下的复出时间是一月二日。

距离那天只剩几天的时间了，涂言并不慌，只觉得浑身不适，莫名其妙的烦躁感几乎爬满了他身体的每一个角落，让他坐立难安。

经纪人以为他紧张，特地过来陪他说话，可聊了半天，发现涂言根本不担心自己复出的事，哪怕告诉他这半年粉丝掉了几十万，他也不甚关心，眼皮都没眨一下。

涂言的状态说不上来是好还是不好。

半年不见，他的变化很大，重逢时，经纪人差点儿没认出他，因为涂言的脸上竟然挂着笑容。

之前涂言的性格孤傲阴郁，除了在镜头前，他朝人露出笑容的次数屈指可数。

经纪人本来还很欣慰，心想虽然浪费了半年时间，但涂言的性格有所改善，也算是好事一桩，可没过多久，也不知道是怎么了，涂言就像泄气的气球一样，瞬间又变回了以前的样子。

"小言，你最近还在吃药吗？"

只有经纪人知道,涂言之前长期服用抗抑郁的药物。

"没有。"

"为什么停药了?问过医生了吗?"

涂言没有回答。

经纪人知道涂言一向冷漠,从不和人交心的,即使经纪人从他出道开始就陪在他的身边,也还是进不到他的私人生活里去,甚至就连他无故退圈半年这么大的事,涂言也只告知她"家里有要紧事,可能要半年的时间,这段时间你可以带别的艺人",其他的细节半点儿没跟她透露。

经纪人一开始觉得挺寒心的。她大学毕业进公司接手的第一个艺人就是涂言,对他自然是倾注了全部的心血,可涂言不知道是嫌弃她能力欠佳还是有别的原因,总是与她有一层隔阂。但经纪人现在慢慢也习惯了,因为她发现涂言不是对她一个人冷漠,而是对谁都冷漠。这种"高冷"的性格在娱乐圈这种环境里不是问题,更何况涂言家境优渥,相貌极好,有演戏天赋,不缺话题,不缺戏拍,这些年积攒了无数粉丝,作为他的经纪人,自己的收入也能跟着水涨船高,这就够了。

"没什么事我先走了,"涂言翻了翻行程表,和经纪人核对了一下时间,然后放下文件夹,说,"对了,我自己开车回去,不用司机。"

"好,你这几天好好休息。"经纪人再次嘱咐。

涂言用手拿着车钥匙，慢悠悠地坐上了车。他在驾驶座上独自发了一会儿呆，纠结许久，最后还是选择遵循内心，将车子往那个地方开去。

带着行李离开的时候，涂言以为自己再也不会回到这里了。不大不小的别墅，院子里还种了几种能够越冬的花卉，他走的时候花还没开，如今却开得分外茂盛。

大门的密码没有变，涂言打开门锁走了进去。

家里的一切和之前相比，没有任何变化。

他去客房找他的药，治疗抑郁症的药，还有治疗心律失常的药。

他以为自己的病在这栋别墅里的时候痊愈了，离开时便没有带那些让他看着心烦的小药罐，谁承想离开之后病竟然复发了，他总感觉心慌，情绪也时不时地低落，看样子药还不能停。

药原封不动地放在客房的床头柜的第二层抽屉里，全被涂言装进了背包。

他像个小偷一样离开，半步不敢停留。

一停留，他就舍不得再离开。

回家之后，他吃了药，不知道是药物作用还是心理作用，很快就睡着了。直到一串铃声响起打断了他的美梦，他还不愿意醒过来。

是经纪人打电话来催涂言起床,铃声响了半分钟,涂言才迷迷糊糊地睁眼。

"小言,十一点有采访,我和化妆师已经在去你家的路上了,你想吃什么早点?我给你带过去。"

涂言睡得有些蒙,半天才反应过来经纪人在问他问题,大脑缓慢地转了转,说:"随便。"

这阵子他过得稀里糊涂的,一日三餐都应付了事,好像已经很久没吃过一顿像样的早饭了。

"生煎包行吗?"经纪人也忘了涂言爱吃什么东西,就随口报了一个。

涂言说"好",然后挂了电话。

治抑郁症的药不能空腹吃,涂言便起床等着经纪人到来。

上午九点做完造型,化妆师收拾工具的时候,还用余光观察了一番涂言的脸。

涂言问他:"怎么了?"

化妆师尴尬地摆手说道:"没什么,没什么,就是觉得涂少您好像变了一点儿,但又说不清楚哪里变了。"

涂言神情淡漠地说道:"半年不见,这不是很正常吗?"

化妆师连连点头,心里却觉得肯定不只如此。就他多年的经验来看,涂大少爷这样冷心冷面的人,能有这么大的变化,一定是发生了很多事。

十一点接受完独家采访后,涂言坐车前往品牌的活动现场。他本来以为不会引起多少关注,毕竟他都消失半年了。谁承想保姆车刚刚开过十字路口,离商场还有百米远的时候,徐言一行人隔着车窗都能听见那端人声鼎沸。主办方特地赶过来疏通了道路,引着司机从偏门的地下车库开进去,然后再从员工通道把涂言带到了休息室。

还有半个小时开场,工作人员急急忙忙地安排着各种事项。有说人太多,以致消防通道被堵了要更换场地的;有说粉丝摔倒了,正好砸在记者的摄像机上,两拨人闹了起来的;品牌方又匆忙送来几条男式项链,让涂言试戴,总之就是一团糟。

涂言揉了揉太阳穴,想压下心头的烦躁情绪,几次都失败了。

手机放在沙发扶手上,涂言犹豫了片刻,突然如壮士断腕一般,拿起手机按了两下屏幕,然后举到耳边。

"嘟嘟"两声后,电话就被接通了,那头传来熟悉的声音。

"言言,怎么了?"

四周好像一瞬间安静了,安静到涂言能听见自己的心跳声一点儿一点儿地平缓下来。

"我打错了。"涂言词穷,演技拙劣地说道。

电话那头的人也不恼,温和地说道:"是吗?"

"是。"涂言这么说着,但没挂掉电话,半晌之后又说,

"顾沉白，我今天复出，要参加一个品牌发布会。"

"因为紧张，所以给我打电话吗？"

涂言面色一凛，正色道："我有什么好紧张的，又不是第一次登台。我就是提前告诉你一声，不然怕你待会儿打开手机新闻被吓到，毕竟我太火了，活动现场都要被挤爆了。"

顾沉白低声笑道："我已经被吓到了，人确实很多。"

涂言半天才反应过来，问："什……什么意思？"

顾沉白大概才从地下车库里走出来，电话那头的声响越来越大："你复出后的第一次亮相，我怎么能不在呢？"

"你……"

说话间顾沉白已经走进会场了，涂言连手都不敢动，将听筒紧紧地贴在耳朵上，在心里说：你小心一点儿，走得慢一点儿。

这话就要脱口而出，但涂言还是忍住了。

顾沉白的走路速度并不慢，虽然腿残多年，但他向来勤于健身，肌肉练得十分发达，可涂言还是害怕。每次顾沉白靠近拥挤的人群时，涂言都比顾沉白本人更害怕。

"哎，不好意思，不好意思，你没事吧？"

电话里突然传来陌生人道歉的声音，顾沉白还没说话，涂言就猛地站起来，对着电话大喊："你是不是被撞到了？蠢死了，你不会找个角落的位子坐下来吗？"

"言言别担心，我没有被撞到。"顾沉白稍顿片刻后连忙安抚他。

"我才没有担心你,"涂言后悔自己失态,平复心情之后,习惯性地露出利齿,"我就是怕因为你发生踩踏事故,毁了我的复出活动。"

顾沉白找到自己的位子,收好手杖,坐下。他太了解涂言了,知道涂言从来口不对心,全当没听见,只报备道:"我找到位子了,在东南角,不过你可能看不见我。"

"谁想看你?"涂言冷漠地说道。

"言言,客房里的药是不是被你拿走了?"

涂言顿住,有些难堪。

"这没什么,言言,抑郁症本来就是反反复复的,你不要有什么心理负担,按时吃药,按时运动,会慢慢变好的。"

这时候,经纪人过来敲门:"小言,要上场了哦。"

涂言点了点头,正准备挂电话,突然听见电话那头有女生的声音。

"帅哥,你也是涂涂的粉丝吗?"

"我这边有多余的手幅和灯牌,免费送你呀!"

"可不可以加个微信,我拉你进粉丝群哟!"

…………

涂言的脸色瞬间冷了下来,眼神也阴沉起来,他挂了电话,凶神恶煞似的站在原地,把进来补妆的化妆师吓了一跳。

当晚女粉丝和好友聊天。

"天哪！今天现场的人超多！男神人气依旧！"

"怎么样？涂言有什么变化？"

"他更帅了！"

"呜呜呜，我也想去现场！"

"我跟你说，我感觉……今天男神好像看了我好几眼。我真的不是在做梦，是真的，好几次我们四目相对，搞得我旁边的人都扭头看我了，我动都不敢动，连快门都不敢按，就是……"

"就是什么？"

"就是他的眼神凶巴巴的，我感觉他是想杀了我。"

那群纨绔子弟为了庆祝涂言顺利复出，在管南家旗下的酒吧为涂言准备了一个奢华的惊喜派对，说要给涂言去去晦气、洗洗尘。

他们无非是找个借口凑在一起喝酒，涂言本来并不想去，可沈飞一直劝他去，说想让他散散心。涂言没法儿推辞，只能说手边有些事情没处理完，晚些时候到，让他们先开始。

涂言在与一个新剧的副导演沟通，因为之前接过类似题材的剧，所以这次的剧他并不是很想接，但是剧组开价很高，他也有些犹豫。几轮商讨下来，他还是拿不定主意。副导演表示没关系，让涂言再考虑考虑。毕竟涂言复出是一个爆炸性的消息，如果有他参演，那么为新剧带来的流量不是一星半点儿，剧组也不会轻易放弃。

刚回到公司，涂言就又被接去参加了一个直播节目。涂言只在车上看了一下流程，到现场就要直接开始直播。幸好之前他有跑活动的经验，即使半年过去，业务也还算熟练，很快就进入了状态。

涂言结束了一天的行程，坐车到达酒吧，刚推开门，就听见里面喝多了的管南在大声说话。

"你们知道涂言从小到大什么样吗？仗着他爸有钱，他在学校里从不拿正眼看人，跟你说句话都是施舍，碰你一下都嫌脏，就他是白天鹅，别人都是鸡圈里的鸡！"

沈飞在一旁听得直皱眉，反驳道："你说什么呢？涂言就是骄傲了一点儿。"

管南酒精上头，打开了话匣子，把心里的话全抖搂了出来："沈飞，你别替他说话。天道好轮回，他爸再牛，还不是得为了那几个亿，觍着脸把儿子卖到别人家，给残疾人当生活护工？

"我想想都觉得好笑，你们都不知道半年前，涂言被他爸逼着去顾家照顾那个残疾人的生活起居时的样子，他爸就当着顾家人的面，一把鼻涕一把泪地说'言言啊，爸爸是为了你好'……"

众人哄笑，只有沈飞面色不悦，低声劝道："管南，别说了。"

好事者接着问："你当时在场？"

管南当时其实并不在，这些都是他在顾家的司机和别人吹牛侃大山时听到的，但他还是梗着脖子说："在呀。"

"那你没瞧见顾二长什么样？"

"顾二……当时不在，话说我就从来没见过顾二。"

又有人问："对了，那你现在干吗还和涂言走得这么近？"

管南摆了摆手，说："我爸命令的，他说涂家的公司现在也回到正轨上了，两家以后肯定还得继续合作，让我别跟涂言闹翻，不然老子怎么会愿意给他办这个破聚会？"

话音未落，身后的大门就被人一脚踹开了，众人闻声转头，看到站在门口的涂言，皆吓得不轻，站起来面面相觑。管南顿时酒醒，走过去尴尬地说道："我喝多了，开玩笑的，涂少，你别当真。"

"不好意思，我当真了。"

涂言抬起眼皮，冷冷地看了他一眼，然后一拳砸在管南的脸上。

周围人立刻上去拉架，沈飞也连忙抱住涂言。涂言挣开，又是一拳砸过去。

管南虽然对涂言有几分忌惮，但也是含着金汤匙长大的，哪里受过这样的气，冲上去就和涂言厮打起来。众人各帮各的,迅速乱作一团,一时间,玻璃破碎声和桌椅倒地声充斥着整个房间。

不知道是谁一脚踢在了涂言的胯上,把涂言踢得倒吸了一口气,他一只手撑在门把上才勉强站稳。

沈飞看见了,大声喊:"住手,涂少受伤了!"

涂家虽然不如往日,但余威尚存,再加上涂言现在是正当红的大明星,受伤不是小事,众人听了这话,都心里一惊,慢慢地停了下来。

沈飞立刻询问道:"涂少,你没事吧?"

涂言摇了摇头,缓缓地起身,神色阴鸷沉郁。他走上前揪住管南的领子,说道:"你给我等着。"

等涂言转过身,出了酒吧大门,沈飞才看到涂言后背的薄衫全湿透了,额头也一直在冒冷汗,整个人看上去很虚弱。沈飞担心地说:"涂少,你的脸色不对,我送你去医院吧。"

涂言摇头说道:"不去。"

沈飞心里担心,但也帮不上忙,只能看着涂言上车。正要关车门的时候,他听见涂言喊他:"麻烦你帮我拨一个电话,通话记录里那个叫顾沉白的,麻烦你帮我拨一下,我手上全是汗,也没有力气,手机的解锁密码是1234。"

沈飞连忙拿起涂言腿边的手机照做。

拨通电话之后,涂言又说:"谢谢你,沈哥,手机给我吧,麻烦你关一下车门。"

"好。"沈飞觉得这个名字有点儿耳熟,但没有多想,立刻把手机递到涂言耳边,等涂言抬起手拿稳,才退出去,又把车门紧紧关上。车门关闭的刹那,他听见了涂言的哭声。

很脆弱的呜咽声,和平日里的涂言很不一样。

然后他听见涂言气急败坏地喊:"顾沉白,我再也不要吃抗抑郁的药了!"

顾沉白赶到的时候,涂言还在发抖。

他全身都在抖,那是服用抗抑郁药后的副作用。

他的手上有太多汗,眼睫毛上也沾了几滴水珠,看起来像在哭。

涂言甩了甩脑袋,想清醒一些。这时车门被霍然打开,冷风顺势钻进来,涂言的手一抖,他下意识地往车厢另一边躲,可浑身无力,只能僵在原地。正准备大喊时,他闻到了一股熟悉的香水味。

那是混着淡淡木质香的、那人常用的一款雪松气味的香水。

涂言张了张嘴,眨了两下酸胀的眼睛,听见自己的声音在狭小的车厢里被放大。

"顾沉白……"

话一出口,竟然带着哭腔,涂言怔怔地咬住嘴唇,想要将声音憋回去。

"我来晚了，对不起。"

涂言几乎绝望地说："为什么又变成这样了？我讨厌自己现在的样子，嗜睡，没有力气，还经常想哭，现在全身还止不住地抖。"

"言言，你遇到什么事了吗？"顾沉白坐到他的身边。

涂言想说：我今天打了一架，我不允许他们侮辱你。

但话到嘴边，他还是没有说出口。

顾沉白好像猜到了，拍了拍涂言的肩膀，说："言言，深呼吸，把大脑'放空'，什么都不要想。"

听到顾沉白温润的声音，涂言烦乱的心被安抚了。

"言言，不要在意那些风言风语，"顾沉白已经猜到了，"他们爱说就让他们说去，我不觉得我的残疾有什么见不得人的。"

涂言眼睛更酸了。

许久之后，他的心跳频率终于降到正常范围，手也不再发抖了。

"好点儿了吗？"顾沉白问道。

涂言没说话。

"在车里歇一歇，还是回家睡？"

涂言睁开眼，望向顾沉白，冷酷地说道："我痊愈了，你别以为我还是抑郁症患者，我没你想得那么脆弱。"

顾沉白轻笑，柔声说："我知道，言言最厉害了，就是偶尔还要回来偷药……"

"你闭嘴!"

顾沉白逗人向来点到为止,勾了勾嘴角,过了一会儿之后伸手去摸涂言的额头,感觉温度正常,才放下心来。

"今天发生什么事了?"

"没什么。"涂言低着头。

"是不是打架了?"

涂言的身子一僵,他还没说话,就感觉到顾沉白的手碰了一下他的手臂。

顾沉白想起刚刚他一碰这个部位,涂言就抖,便问:"这里有伤,我应该没有说错吧?"

涂言抿起嘴,闭上眼倒头装睡。

"那帮人是不是因为你给我当护工的事笑话你?"顾沉白安静片刻,然后把大衣脱了,盖在涂言的身上,轻声说,"让你受委屈了,抱歉。"

"跟你没关系,别自作多情。"

"那你以后可不可以多爱护自己一点儿?言言,你复出之后就要满世界地飞了,我怕我不能每一次都及时赶到。"

涂言被顾沉白的几句话就搞得想哭,如果是之前的涂言,肯定会凶巴巴地说:"不行,你必须每次都赶到。"

但现在的涂言装作不在意地"哦"了一声。

涂言复出之后一直话题不断，所有人都在讨论这半年涂言究竟去哪里了。

有人猜他出国深造去了，有人猜他秘密结婚去了，还有人猜他出现了健康问题在治疗。

涂言放下手机，对旁边正在看剧本的祁贺说："误打误撞还蒙对了一个。"

"话说，你的护理工作正式结束了？顾家不会再找你的麻烦了吧？"

涂言听到"顾家"这两个字就不说话了，闲着无聊，翻了两下手边的剧本，突然蹙起眉头说："又是青春片？"

他就是演青春片出道的，定位也是少年感强的角色，这样的戏接多了也厌倦，所以不想再拍。

"怎么？青春片不好吗？"祁贺穿着鲜艳的花衬衫，领口开到胸肌处，身上散发着浓烈的香水味，他转过头看向涂言，语气嚣张地说道，"我还想接青春片呢，可惜气质太不搭了，没法儿演穷学生。唉，我也好想转型啊，老演总裁和贵公子也很累。"

涂言连白眼都懒得翻，低头去看剧本。

祁贺说："对了，顾朝骋他弟没为难你？就这么放你走了？"

顾朝骋是顾沉白的大哥，华晟的总裁，在商场叱咤风云，无人不晓。

涂言翻页的手微顿，他应道："嗯。"

"真是奇了怪了，那个人图什么呀？花那么多钱就雇你当半年的护工？"祁贺难以理解地摇了摇头，上下打量了一遍涂言，怀疑道，"他除了腿有点儿瘸，难道还有其他的病？我的天。"

"他有名字。"

祁贺没注意到涂言皱起的眉头，继续沉浸在自己的想象里："可是想想就很可怕呀，我上次演的那部恐怖片里面，杀人犯就是一个貌不惊人的瘸子。"

祁贺说着说着就联想到更不好的事情，想起了社会新闻里经常出现的那种变态，面色瞬间变得惊恐。他整理了一下言辞，含蓄地问："涂言，你有没有受虐待呀？"

涂言无语地说："没有，你可以闭嘴了吗？"

"没事的，涂言，你别怕，你要是真受了虐待，我就算是倾家荡产也要帮你讨回这个公道！你跟我说实话，那个人到底有没有打你、骂你？"

涂言沉默了会儿，大脑里飞速地闪过这半年来的许多画面，陡然鼻酸。

祁贺义愤填膺了半天，等火气都消了，才听到涂言低着头轻声说道："没有。"

涂言住进顾家后，对顾沉白说的第一句话是："我不是你的用人,你别想支使我。"

涂言说这话的时候,顾沉白正面带笑容地拿出他烤好的蛋糕,刚要开始切,可听完涂言的话,他又默默地把蛋糕放在了一边。

顾沉白嘴角的笑意凝固了,但没有失态,他依旧温和地说:"抱歉,让你过来照顾我,是我太唐突了。"

涂言轻蔑地看了一眼顾沉白的手杖,话里带刺:"当护工就当护工吧,我无所谓。再说了,给你这种人当护工这事也挺新鲜的,我演了这么多的戏,还没试过这样的角色呢。"

顾沉白面色如常,笑了笑,说:"很荣幸能参与你的新剧本。"

涂言一拳打在棉花上,狠话都放光了,怨气被堵在喉头,他恼羞成怒地瞪着顾沉白,忍不住问:"你为什么非要我当你的护工啊?"

顾沉白帮涂言切好牛排,放下刀叉,坦然说道:"因为我是你的影迷。"

涂言起了一身的鸡皮疙瘩,嫌恶地说道:"你有病吧?"

他以为顾沉白在开玩笑,又想到以后这令人郁闷的生活,心绪一阵翻涌,自暴自弃地说道:"反正我的人生也就这样了。"

涂言十九岁出道,到现在为止四年的时间里遭受了许多不公平的对待,好不容易熬出头,拿了人生第一个"最佳新人奖",星途刚刚开始变得璀璨,命运就跟他开了这么大一个玩笑——他的父亲涂飞宏因为濒临破产,急需资金填补空缺,所以找到了财大气粗的顾家。

听闻顾家的二少爷有严重的腿疾,而涂言曾经在一部电影里扮演过男护士,对方出于羞辱的目的随口提了一句,涂飞宏动了向顾家求助的心思,立即把儿子推了上去,本来只是死马当活马医,可没想到顾家竟然答应了。

涂言感觉有什么东西"吧嗒"一声,滴在了自己的手上,低头一看,原来是眼泪。

他哭了。

忽然,有一阵淡淡的木质香扑面而来。顾沉白拿起沙发边上叠好的薄毯,展开披在了涂言的身上。

他歉然地说道:"对不起,如果可以,我也希望我们能以更简单的方式相遇,是我太自私了。"

涂言泪眼蒙眬地望过去,看见顾沉白无措的手,哭得更凶了。

如果顾沉白是个坏人就好了,如果他像传闻中的那样又丑又阴险就好了。

这样涂言就可以完完全全、毫无保留地去讨厌他。

"好在你现在终于自由了,可以重返娱乐圈。"

祁贺长长地叹了一口气,说:"我印象特别深,当时你刚去顾家,给我打电话,说你压抑得快死掉了。"

涂言怔了怔,刚开始的确是这样的。

"后来你还压抑吗?"

涂言垂眸咕哝道:"一点儿都不压抑。岂止是不压抑,那几乎是我这辈子最快乐的一段时光。"

"嗯?你说什么?"祁贺追问。

涂言摆了摆手说:"没什么。"

二人正聊着,涂言的手机突然响了,是他的经纪人打来的电话,让他发几张近期的素颜照过去,新戏的制片人那边要。

涂言一向不喜欢自拍,就让祁贺帮他随便拍两张照片。然而祁贺是一个自拍狂魔,自称时尚界最会自拍的男明星,哪里愿意随便应付,一定要拍到让自己满意为止。

涂言只听快门声在几秒之内"咔嚓咔嚓"地响了无数下。

"你够了,无不无聊?"

祁贺在涂言的手机相册里翻来覆去地仔细挑选,回他:"你懂什么?这叫细节决定成败。"

结果祁贺手一滑,往前多翻了几张照片,喊道:"等等,刚刚好像有一个帅哥的照片闪了过去。"

涂言迅速反应过来,连忙夺过手机。

祁贺微眯着眼睛,笑道:"不行,你给我看看,刚刚我没看清，我就看一眼，就一眼。"

涂言把手机藏在身下，紧紧地握着。

"不给我看是吧，我现在就把你小时候尿床的照片发到微博上。"

"你！"

祁贺把自己的手机捏在指间晃了晃，这一招屡试不爽，他奸计得逞般把另一只手伸到涂言面前，说："要是你的粉丝知道你两岁半还尿床，你的形象可就不保了哦。"

涂言想偷偷把照片删了，可还没等他摸到删除键，祁贺就找准时机胳膊一伸，把手机抢了过去，手机屏幕上恰好是那张照片。

"真的好帅！"

祁贺双指放大照片，一边仔细地欣赏，一边"啧啧"地称赞道："气质好儒雅，轮廓也好精致，一看就是那种出身名门的贵公子！衣品也好，看上去就很温柔的样子……"

涂言本来想随便忽悠过去的，可听祁贺这样说，又有些不快，反驳道："哪里有你说的那么夸张？娱乐圈里比他好看的人多了去了。"

"娱乐圈里有他这种气质的人可没几个。涂言，给我老实交代，他姓甚名谁？"

涂言闷闷地说道："顾沉白。"

"谁？"

"顾朝骋他弟。"

祁贺睁大了眼睛,安静了足足一分钟,然后大声地喊道:"怎……怎么可能?!传闻不是说他……说他又丑又瘸……"

涂言心想:我第一次见到顾沉白的时候,也是这个反应。

然后祁贺猛地拍了一下桌子,把涂言吓了一跳,涂言刚想骂他,就听到祁贺问:"好家伙,这样的长相,娱乐圈里也没几个呀?他的性格怎么样?"

涂言怔了怔,下意识地回答:"特别好。"

"怎么好?"

"他教会了我很多道理,我们明明有着完全不一样的成长环境,却有聊不完的话题,他让我正视自己的情绪问题……"

"那你为什么离开?"

涂言想不到一个能说服自己的答案,便说:"是我太过自信了,我以为我的抑郁症已经完全好了。"

谁承想现在病又复发了。

涂言住进顾家的第三天。

"不许让别人知道我是你的护工。还有,我要搬出顾家,我不想和你爸妈还有你哥他们住在一起。"

涂言说出这一串要求的时候,已经做好了被驳回的准备,但顾沉白只思考了几秒就答应了。

涂言愣了愣,问道:"真的?"

顾沉白放下手里的书，抬起头与他对视，说："当然，我觉得你的提议很好。"

顾沉白看一个人的时候，总是很专注。

涂言低下头，假装玩手机，然后故作随意地说道："那你有什么要求？你也可以跟我提。"

"原来我还可以提要求哇。"顾沉白笑着说。

涂言听懂了顾沉白的话外音，想起顾家的佣工在背地里说的话——

"这个小明星也太嚣张了，成天对二少指手画脚的，不知道的人还以为是二少欠了他钱。"

顾沉白没有立即回答，而是握住手杖，借力从沙发上起身，然后往涂言的方向走去。涂言下意识地想避开，可能是感知到涂言的抗拒之意，顾沉白停了下来，说："我只有一个请求。"

涂言望过去。

"你能试着把我当朋友吗？别总是躲着我，好不好？"

他把最后三个字说得很慢很轻，听上去有些可怜，让人没法儿拒绝。

涂言的睫毛颤了颤，他微不可闻地"嗯"了一声。

"就这一个要求？"他还是有点儿不相信。

顾沉白朝他勾起嘴角，说："我当然也想提别的要求，比如……"

涂言连忙制止："说了一个就一个，别耍赖。"

"好，就一个。"顾沉白莞尔，然后低头看了一眼时间，问涂言，"今晚想吃什么？"

涂言才不想被顾沉白牵着鼻子走，回道："什么都不想吃。"

他说完就往自己的房间走去，走过楼梯拐角，余光瞥到了还站在原处的顾沉白。顾沉白抬起头望向他，二人的视线碰上，涂言突然想到了另一件很重要的事。

顾沉白态度这么好，什么都答应他。

什么都答应……

那解除雇佣关系的协议呢？他会不会也愿意签？

涂言暗忖：应该不会吧，那顾沉白不就亏大了。

但他想起顾沉白是自己的影迷这件事，又觉得这事也不是完全没可能。

很快,他们就搬进了新家,考虑到顾沉白的腿疾,顾家父母为他们挑了一栋独栋别墅。

涂言只要能远离顾家,住在哪里都无所谓。他看着自己的行李被一件件地搬进去,觉得自己和那些没有生命的行李差不多。

"我这两天想了想,我承认我之前的态度确实不好,毕竟我签了入职协议已经是既定的事实,没办法改变了,以后抬头不见低头见的,我们一直这么当陌生人也不是办法,你说是吧?"

涂言放下手机,坐在书房的沙发上,神色轻松地望向顾沉白。

顾沉白的视线从电脑屏幕上转到涂言的脸上,他不知为何突然笑了一下,然后挑眉应道:"是。"

涂言轻咳了一声,掩饰心虚,随后把准备好的台词说出了口:"今晚一起吃饭吧。"

"好哇,去哪里?"

"我来定地方，你去就好了。"涂言说完就从沙发上起身，趿着拖鞋小跑回自己的房间。

顾沉白看着他的背影，无奈地笑了笑。

涂言在表演学院的时候，偶尔也会参加一些无剧本的即兴演出，大多数时候他表现得很好。只是这一次有点儿特殊，他的对手戏演员是他的债主，一个让人不知道怎么形容的"坏人"。

希望顾沉白不要把一切搞砸。

涂言先在一家隐蔽性很高的艺人常去的餐厅订了包间，然后洗了个澡，换上一套很显身材的休闲西装，头发也稍做打理，甚至还戴了一只黑晶耳钉。他的皮肤白，戴这类的耳钉尤其抢眼。他从镜子里看了看自己，觉得很满意。

他对自己的长相，向来是有自信的。

祁贺发来消息："已经给你把酒送到包间了，你记着，瓶身上画了一个白色五角星的是酒，另一个瓶子里我给你装了苏打水，你别喝错了。"

"你能保证那酒有用？"

"绝对有用，我亲自测试过，口感和葡萄酒差不多，但喝一口就上头，喝两口基本上就处于半醉的状态，让说什么说什么，连银行卡的密码都能交代出来。"

祁贺又追问涂言想做什么，但涂言没说，只回："事成之后再告诉你。"

然后他就去敲顾沉白的房门，却没听到里面有声响，还以为顾沉白不在，就直接推门进去了，结果正好和刚从浴室出来的顾沉白迎面撞上，顾沉白只在腰间围了一条浴巾。

涂言吓得激灵了一下，刚想往后退，又被自己的拖鞋绊住，脚滑了出来，撞在门后的防撞吸盘上，他痛得叫了一声，连忙蹲下去捂住脚跟，倒吸几口气。反应过来自己出糗之后，涂言臊得整个人都要冒烟了。他气恼地推了顾沉白一把，跛着脚跑了。

顾沉白被涂言这一连串的反应搞得一头雾水，一只手抓住卫生间的门框站好，然后解了浴巾，换好衣服，拿起落在门边的拖鞋去了隔壁房间门前。

他敲了敲门，开玩笑地说道："涂先生，你的拖鞋掉了一只。"

下一秒，门开了，另一只拖鞋从里面飞了出来。

顾沉白也不知道涂言又在发什么脾气，任劳任怨地帮他把拖鞋捡起来，放在门口的垫子上，然后转身回了自己的房间。

半个小时之后，顾沉白接到涂言的电话，涂言的语气还气呼呼的，没有半点儿邀请的意思："收拾一下，去吃饭。"

顾沉白于是拿起手杖和外套出了门。

司机把车停在门口，涂言原本大咧咧地坐在后座上，看到顾沉白之后，立刻扭头看向窗外，还把身子往车门那边贴了贴,一副避之不及的模样,一路上都没和顾沉白说话。

等到了餐厅,涂言熟练地带着顾沉白从侧门进,然后在服务生的指引下来到预订好的包间里。

等菜全上齐了,涂言突然抬手对服务员说:"谢谢,你可以出去了,我不太喜欢吃饭的时候有服务生在。"

服务生于是退出去,关上了门。

包间里只剩涂言和顾沉白两个人对坐着。

顾沉白依旧是温和的样子,看着涂言微笑道:"谢谢你今天请我吃饭。"

涂言不置可否地"嗯"了一声,在心里给自己打完气,然后突然起身拿起餐桌中间的酒瓶,给顾沉白倒了半杯酒,倒完之后没有回座位,而是慵懒地靠在桌边,低头问他:"你上次说你是我的影迷,真的假的?"

涂言一入戏就像是换了一个人。

顾沉白抬眸和他对视,说:"真的。"

"可我不信。"他说着把酒杯举到顾沉白的面前。

顾沉白接下酒杯,不置可否。

"你第一次看我的电影是什么时候?"

"四年前,你主演的第一部电影,《夏日少年》。"

"哦,那年我才十九岁,"涂言把周围的环境想象成片场,把顾沉白想象成一个普通的对手戏演员,把水晶吊灯想象成摄像机和补光灯,拿腔拿调地说,"你第一次看我的电影,是什么感觉?"

顾沉白看见涂言紧绷的嘴角,还有攥得发白的指节,平静地说:"想进一步了解你。"

"那你了解到了什么?"

"我看了你的很多采访视频还有节目,"顾沉白将胳膊搭在椅背上,指尖有一下没一下地敲着,缓缓地说道,"虽然所有人都爱用孔雀形容你,但在我看来,你更像一只小兔子,警惕性很强,喜欢观察环境,表面上不爱和人交往,其实是因为害怕与人交往。"

涂言神色一变,说道:"你没有资格对我下定义。"

"抱歉。"顾沉白诚恳地道歉。

顾沉白一贯会见招拆招,让涂言一拳砸在棉花上。涂言知道自己现在不能生气,他今晚的目的还没达到,小不忍则乱大谋。他耸了耸肩,说:"不用道歉,反正你已经赢了,我现在是你的护工,服务于顾家。"

涂言拿过另一瓶酒给自己倒上,俯身和顾沉白碰了碰酒杯,说:"祝你身体健康。"然后把酒一饮而尽,喝完之后,他皱了皱眉,好似有疑惑,回味了几秒之后觉得不对劲,可确认了一下酒瓶,又发现没有问题。他没有多想,眉头逐渐舒展开来,拎起酒瓶又给自己添了一杯。

顾沉白也举起酒杯,可喝了一口之后就觉得奇怪,便没有喝完,将酒杯放回了原处。

涂言站在桌边安静了片刻，突然抬起头来，两腮出现不正常的酡红。他看见顾沉白没有喝干净酒，于是拽着顾沉白的袖子催促："我让你喝完，听到没有？"

顾沉白无奈，提杯仰头把酒喝光了。

"你真是我的影迷？"涂言的两眼变得直愣愣的，他有些站不稳，半个身子都靠着桌边。

顾沉白没有搭理他，起身拿过涂言身侧的酒瓶，然后就看到了被替换过的包装薄膜。

涂言还沉浸在自己的剧本里，眨巴眨巴眼睛，问他："你说呀，是不是？"

顾沉白怕他倒下去，于是两只手撑在他的身侧，轻声说："是。"

"是不是会答应我的任何要求？"

"是呀。"

涂言又喝了半杯酒，然后说："那我让你签个东西，你签不签？"

顾沉白没有说话，只是静静地看着涂言，觉得涂言像醉酒的小兔子。

"涂言……"顾沉白唤他的名字。

涂言的大脑已经完全不听指挥了，他只记得一件事，就是要让顾沉白把离职协议签了。

他看到顾沉白犹豫，立刻慌了神，一个劲儿地说："不行，你必须签，你必须签，必须签……"

涂言晕乎乎地从怀里掏出一张纸和一支笔，然后一股脑儿地塞到了顾沉白的手上。

顾沉白把纸展开，先是看到醒目的"离职协议书"五个大字。

"护工关系的存续时间为半年……"

涂言闭着眼睛，往顾沉白的方向坐了坐。

"其间，乙方不得对甲方有任何逾矩行为……"

"不得强迫甲方做任何不愿意做的事……"

顾沉白哭笑不得地看着他，说："你是不是太欺负人了？"

涂言哪里听得见，倒头睡着了。

顾沉白看着手上的协议书，久久没有动笔。

这时候，涂言的手机振动了两下，是祁贺发来了消息。当然，涂言没有机会看了。

"那个……我突然想起来我刚刚好像说反了，画了白色五角星的是苏打水……"

"涂言，你喝了吗？"

"你还好吗？！"

涂言最近总是频繁地做梦，睡眠质量很不好。

第一晚，他前半夜梦见的是一些凌乱的碎片，有童年时期的、学生时代的，还有刚入行时的过往，大多是模糊的人影，拼凑不成完整的故事。

但到了后半夜，画面会开始清晰，激烈的背景音乐突然放缓，舞台上只剩他和顾沉白两个人，顾沉白朝他走过来，金属手杖敲在地面上，发出清脆但不刺耳的响声。顾沉白走得很慢，也很从容，一切像一个熟练应用透视原理的长镜头的拍摄，光影和纵深都美得恰到好处。

第二晚，他梦到了他和顾沉白的第一次见面。

之前管南说涂飞宏"一把鼻涕一把泪地哀求"，当时顾沉白没有出现，但涂言对他也没什么好奇的，他出不出现都无所谓。

二人第一次正儿八经地见面是涂言搬进顾家的前一天。涂飞宏和华晟的总裁，也就是顾沉白的哥哥顾朝骋签好协议，钱很快就到了涂飞宏的账户里，涂飞宏笑着点点头，顾家就派人去接涂言。顾家的车开在前面，专门用来装行李的货车跟在后面，车辆徐徐进入小区的时候，涂言站在窗边看着，冷漠地想：真可笑。

顾沉白那天坐在前面那辆车的副驾驶座上，涂言坐进去的时候看了顾沉白一眼，但压根儿没把这个相貌优越的男人和传闻中那个又丑又瘸的顾二联系到一起。他抬了抬眼皮，问："你是顾沉白的秘书？"

顾沉白当时愣了一下，随即笑了笑。涂言就默认他是。

可能是看顾沉白面善，又或许是涂言当时的心情太过苦闷，车子开到一半，涂言突然开口问："他这样有意思吗？他不能找一个更专业的人来做他的护工吗？"

顾沉白沉默了会儿，说："如果他只是想和你交个朋友呢？"

"我才不需要朋友。"

"对不起。"

涂言轻哼，不在意地说："你替他道什么歉？"

可等车开到顾家的家门口后，涂言刚下车，就看到副驾驶座上的年轻男人推开车门，先是取出手杖撑在车边，然后再借力从车座上起身。他的动作已经算得上流畅了，但还是让涂言瞠目结舌，僵在原处动弹不得。

顾沉白走到涂言的面前，眼里是愧疚和心疼之色，他问："吓到你了吗？"

他朝涂言伸出手，轻声说："我们重新认识一下好不好？我是顾沉白。"

涂言气到不想说话，转身就走。

第三晚，他梦到他在"鸿门宴"上翻了车。

那天早上他从宿醉中醒过来，头痛欲裂，睁开眼看着天花板发了很久的呆，然后陡然想起离职协议的事，心想肯定搞砸了。他一拍床板跳起来，正准备跑出去和顾沉白对质，就看到了床头柜上的那张纸。

那是他的离职协议书。

顾沉白在乙方的位置签了字,他的字很潇洒,和他温柔的性格有些不一样。

然后涂言注意到顾沉白改动了一处,把原来的"甲方会在五年内还清债务",改成了"没有期限限制,还清即可"。

涂言难以置信地举起那份离职协议书,前前后后地看了几遍,依旧觉得不真实,生怕顾沉白在里面给他挖了什么坑,还特地拍下来发给自己认识的律师,让律师检查一下所有条款,生怕因为自己不小心而功亏一篑。

律师很快给了他回复:"离职协议书没问题,里面的条款都是对你有利的。"

涂言怔住,半晌后下了床,他身上的衣服还是昨晚的,耳钉被取下来了,放在床头柜上。幸福来得太突然,他还有些晕乎乎的,穿起拖鞋,往门外走去。

顾沉白在厨房里做早饭。

听到涂言的脚步声,顾沉白转过身朝他笑了笑,说:"醒了?头疼不疼?"

涂言捂着脑袋看着他,像是不认识他一样,呆呆地摇了摇头。

"怎么了?"顾沉白把烤好的吐司夹到盘子里。

"这个……"涂言把离职协议书举到顾沉白的面前。

"昨晚某人耍酒疯，逼着我签字，我还能怎么办？"

"我……我那是喝醉了！"涂言为自己辩护。

顾沉白放下手里的东西，朝涂言走过去。

"其实就算没有这个雇佣协议，我也想找机会告诉你，言言，我们第一次见面的时候，我就说我想和你交个朋友，这是我的心里话。我能感觉到这两年你的变化很大，你好像变得郁郁寡欢了，越来越不爱笑，也越来越瘦。言言，你需要停下来认真地、平静地生活一段时间，我希望这半年能让你重新变得阳光、爱笑，也希望你不要曲解我的意思。"

涂言觉得心口有什么又暖又酸的东西流进来，沿着血管一圈又一圈地在他的身体里循环。

"你这个人……"涂言莫名其妙地很想哭，感觉到了自己的心软，"你说这种话，好像自己是受害者一样，明明我才是受害者！"

顾沉白刚要开口，就被涂言抢先说道："不许说'对不起'，我不想再听你说这三个字了。"

顾沉白于是闭嘴，走过去，说："言言，把协议给我吧，我收起来，等半年后再拿出来。"

涂言突然发现自己还没有仔细地打量过顾沉白的长相，便偷偷地用余光看他，才发现他长得还蛮帅的，剑眉星目，鼻梁高挺，如果不是残疾，指不定有多少人喜欢他。

就半年，时间过得很快的。涂言对自己说。

他伸出手,把那份完全对他有利的协议塞到顾沉白的手里,心烦意乱地说道:"我该怎么照顾你?按摩还是帮你做饭?"

第四晚,他梦到某一天顾沉白在厨房里做饭。

顾沉白享受给涂言做饭的快乐,就像涂言享受给顾沉白捣乱的快乐。涂言在客厅里坐不住,就跑进厨房把顾沉白准备下锅的黄瓜偷出来吃,偷到第三次的时候,他被顾沉白捉住,堵在了墙角。

顾沉白作势要打他,他躲开了。

"再吃就吃不下饭了。"顾沉白一本正经地说道。

"哦,"涂言表面装乖,但等顾沉白一松手,他就伸长胳膊明目张胆地又偷了两片,塞进嘴里,挑眉说道,"就吃!"

然后他得意地阔步走了。

顾沉白被他的表情逗得笑出声来,一脸无可奈何的样子。

涂言跑回沙发上,虽然连他自己都不懂刚刚那番行为的意图,但并不妨碍他开心。

很快,涂言听见蔬菜下锅的声音,水油相碰,引起喧嚣的炸裂声,好响,他陡然从梦中醒了过来。

涂言这才想起来,他已经离开顾家了。

"今天的新品发布会很重要，算是你复出之后接的第一个大代言。小言，你一定要仔细看台本，特别是品牌名称还有新品型号那些，千万千万不能说错了。"经纪人把两页A4纸塞到涂言的手上，然后转身去催化妆师和助理。

涂言随手翻了两下台本，原本没太在意，可余光瞥到一个熟悉的名字，他停了下来。

顾朝骋。

"不会吧……"涂言顿觉头疼，喊来经纪人，质问她，"这是华晟的新品发布会？"

经纪人被问得有些蒙，答道："是呀，怎么了？"

"那顾朝骋也要来？"

"要哇，他是负责人，就坐在你的旁边。"

涂言暗骂了一声。

经纪人疑惑地问："你和顾总有矛盾？"

涂言摆摆手，随便找了个借口："没事，就是听说他脾气差。"

经纪人笑了笑，说："吓我一跳，我还以为有什么大事呢，他可是品牌方，脾气差也不能得罪的。那行，你再看几分钟的台本，然后去做妆发，发布会三点开始。"

涂言进场的时候，引起了后排粉丝的大声欢呼。虽然隐身了半年，但是再次面对镁光灯和红地毯的时候，涂言也很快适应了。他摆出合适的微笑，跟现场的粉丝打了招呼，然后工作人员就引着他往专属席位上就座。

顾朝骋在发布会快要开始的时候才到。他一看到涂言，就皱起了眉头，心不甘情不愿地坐下，连个好脸色都没给涂言。

顾朝骋长着一副典型的商务精英模样，英武雄壮，气势逼人，只要一出现，就立刻会成为全场的焦点。他和顾沉白是最不像亲兄弟的亲兄弟，虽然眉眼肖似，气质却截然相反。

"选你做代言人是广告部失误，你别自作多情，"主持人正在热情洋溢地宣读发布会的流程，顾朝骋却突然开了口，声音不大不小，正好让涂言听见，"顾家不会再给你任何事业上的庇护。"

涂言轻嗤道："求之不得。"

他和顾朝骋从来就不对付，因为顾朝骋是一个疯狂的"弟控"。从涂言走进顾家的那一刻开始，顾朝骋就没正眼看过涂言，平日里也与涂言各种不对付。

"话别说得太早，不然哪天走投无路了，再想投靠顾家就难了。"

"顾总放心，不会有那一天的。"涂言转头朝顾朝骋露出"商业假笑"，但眼里带刺，"你不用这样嘲讽我，我已经痊愈了。"

"痊愈？你哪里来的自信？我从来没见过像你这样暴躁

的人。"

涂言坐得笔直，看起来十分镇定，手却在暗处紧紧地攥住了自己的袖口。

"真后悔让你去照顾沉白，也不知道是谁照顾谁。"

涂言没有说话，目视前方，不让后排的记者看出端倪。

发布会一结束，他拿起外套和车钥匙就走，经纪人在后面喊他，他也充耳不闻。

到顾沉白家门口的时候，外面下了很大的雨，他把车熄了火，伏在方向盘上头脑发蒙。

他在做什么？

他为什么要来这里？

他想看到什么？

或是，他不想看到什么？

可行动快过大脑，在找到答案之前，他已经下了车，按开大门的密码锁，来到门口的屋檐下。

他敲了两下门，半分钟后，门才被打开。

顾沉白穿着深蓝色的家居服，看到是他之后，有些意外地说："言言？"

这时，涂言听到厨房里有瓷盘相碰的声音，然后有女声传出来："沉白，谁在外面？"

那女声听起来很耳熟。

顾沉白不明所以，但怕涂言被雨淋湿，连忙把他拉进去。涂言想转身就走，可顾沉白的力气比他大，他挣不开。就在两个人僵持的时候，厨房里的人走了出来。

"是小言啊？"

涂言愣了愣，抬起头，整个人都呆住了。

原来厨房里的人是顾沉白的母亲。

顾母看到他的时候有些惊讶，然后又无奈地望向顾沉白，她脸上原有的笑意消失了，只淡淡地说道："我还以为你们已经不见面了。"

顾沉白没有回答，只说："天不早了，雨越下越大，您还是赶紧回去吧，陈叔的车已经到门口了。"

涂言低下头，一直低着，不敢看顾母的眼睛。

顾母也不喜欢涂言，但她的不喜欢和顾朝骋的不一样，她更多的是心疼自己的儿子。她本以为涂言会因为顾家帮助了涂飞宏而做好照顾顾沉白的工作，可他不仅没有，还对顾沉白颐指气使。顾沉白在父母和兄长的爱里长大，却在涂言这里受了无数怠慢，任谁看了都会心疼。

涂言能理解，所以对顾母有愧。

顾母许久没有说话，目光在涂言和顾沉白的脸上来回打转，最后长长地叹了一口气。

"你好好照顾自己，妈妈改天再来。"顾母说完就拿起包走了。

"我送您出门。"顾沉白帮顾母拿起伞。

顾沉白回来的时候，涂言还在原处站着。顾沉白把门关上，走过去笑他："吓得头都不敢抬了，好可怜。"

心情犹如坐了一趟过山车，涂言现在只觉得五味杂陈，都不知道该做何感想。他推开顾沉白，也想走，但顾沉白拉住了他。

"今天怎么突然过来了？你总得给我一个理由吧。"

"你管我？"

"这是我家，你这是私闯民宅，知不知道？"顾沉白低头逗他，"小心我报警。"

涂言不想理他，正要甩开胳膊走人，却突然停住了。

"怎么了？"

"下雨了，你注意点儿，别出去了。"

"言言，我腿疼的话，你会回来吗？"

涂言语气冷硬地说："不会，我现在已经不是你的护工了。"

涂言坐在车里，伏在方向盘上静静地待了一会儿，几次想要开车，却又收回手，心头涌起一阵阵烦躁感，于是他把车载音乐打开了。

歌曲都是小助理按照现在最流行的歌单给他下载在 U 盘里的，涂言按了几下，选了一首曲调柔和的民谣。

可他还没听完一首歌，突然有人打电话过来。

涂言以为是经纪人，正准备接通，可当他看清来电人的名字时，悬在屏幕上的手指立刻停住。他关了车载音乐，然后打开车窗，让冷风透进来一些，等整个人都清醒了，才接通电话。

"小言，在忙吗？怎么这么久才接？"

涂言怔了怔。他上次听到齐澜的声音是什么时候？好像是半年前的一个夜晚，齐澜打来电话，告诉他："抱歉，小言，妈妈这边有点儿事情，没法儿回国看你。"

她的"有点儿事情"需要花半年的时间处理。

涂言顿了顿，随意地说道："刚刚没听见，有什么事？"

齐澜应该正待在某个名媛聚会的角落里和涂言打电话，所以背景音都是钢琴、小提琴的现场演奏声以及推杯换盏的细碎声响。随后齐澜换了一个更僻静的角落，对涂言说："我听涂飞宏说你离开顾家了。"

"嗯。"

齐澜轻笑道："为什么？你不是说在那里做护工做得很开心吗？"

涂言烦躁地说道："不为什么。"

"好啦，妈妈不多问，这是你自己的决定，妈妈支持你的所有选择。就是涂飞宏快要气死了，他说他给你打电话你也不接，现在顾家要和他解除合作关系，他半年的辛苦又要毁于一旦了。"齐澜像在说一个笑话，不带半点儿的感情，继续说,"他怎么样,我是不在乎的,我就是想问问你现在的状态如何。"

"还好哇,"涂言漠然地看着后视镜,指尖无意识地抠了两下方向盘的皮套,"不用做护工替我爸还债,还不好吗?"

"好吧,妈妈就是担心你的情绪,没别的事情,你可以找朋友玩一玩,出去旅旅游,或者到妈妈这里来玩。"

涂言刚想说话,就听见齐澜那头传来一阵嘈杂的声音。齐澜掩着话筒说:"小言,妈妈这里有点儿事情要处理一下,先挂了。"

又是"有点儿事情"。

涂言茫然地握着手机,半分钟之后,才摸到关机键,把手机屏幕变成了黑色。

今天是他从顾家离职整整一个月的日子。

到今天他的母亲才想起送他一句迟来的关心话语。

一切都很荒谬。

有时候涂言真的很羡慕顾沉白,因为顾沉白拥有这个世界上最爱他的家人。

让涂言至今记忆犹新的是有一次顾沉白的生日,在天气很好的七月初。

那时候涂言当顾沉白的护工已经一个多月了,两个人的关系依然处于半熟不熟的状态,当然,"不熟"都是涂言步步逃避、事事作妖的结果，顾沉白还如最初那样不知疲倦、不求回报地对他好。

吃完早饭，顾沉白把碗筷放进洗碗机里，然后犹豫了一下，轻声问涂言："言言，今天是我的生日，我爸妈在家给我举办了一个小型生日会，没有外人，只有我爸妈、我哥，还有我的外婆、外公，你愿不愿意参加？"

涂言条件反射地摇头说："不要。"

顾沉白的眼神有些黯然，但他还是笑着对涂言说："没关系，那我晚上尽量早点儿回来做晚饭。"

涂言知道顾沉白失望了，那个瞬间甚至想说更多的狠话让顾沉白更失望，这样顾沉白是不是就能慢慢地厌恶自己？这样他们的雇佣关系是不是就可以早一点儿结束？可他没说出口，反而不受控制地吐出来一句："算了，我参加。"

顾沉白很惊喜，转身就给顾母打电话，告诉顾母涂言爱吃什么、不爱吃什么。

等到了顾家大宅，涂言才知道顾家人是真的很疼爱顾沉白，为了顾沉白的小型生日会，他们都穿得很隆重，每个人还都给顾沉白准备了礼物。

顾母甚至爱屋及乌地给涂言准备了礼物，是一块限量款的手表。

顾沉白的外公精神矍铄，面相温和，一看就是笑口常开的老人。他给顾沉白展示他新学会的手机功能，还说他连在网上购物都会了。

顾沉白的外婆一巴掌拍在他外公的肩头，说："你还好意思说，是谁买了一个按摩椅，然后把地址错填成朝骋家的？"

顾沉白的外公不服气地说道："我就是给朝骋买的！"

顾沉白故意逗他外公道："外公，你怎么不给我也买一个？"

他外公连忙说道："买！现在就买！"

顾沉白笑着按住他外公的手，说道："别了，外公，你还是少买点儿吧，小心外婆冻结你的银行卡。"

顾沉白的外公要面子得很，直起腰板儿瞪眼说道："她敢！"

涂言在旁边静静地看着，顾沉白很快就注意到他，挂着手杖坐到他的身边，低头问他："言言，饿不饿？要不要吃点儿蛋糕？"

涂言摇头，别开脸，恢复之前的冷漠神情。

顾朝骋到的时候，看到的就是这么一幕——

顾沉白小心翼翼地哄涂言开心，涂言冷着一张脸理都不理顾沉白。

顾朝骋走过来，喊了一声"沉白"，然后把手里的纸袋递到顾沉白面前，说："生日快乐。"

"谢谢哥。"顾沉白笑了笑，接下礼物，然后和顾朝骋握了手，两个人还很幼稚地互相撞了一下手背。

涂言看到顾沉白手里的包装袋，突然愣住了。

顾朝骋轻哼，抱胸道："你的礼物呢？你应该连沉白过生日这事都是今天才知道的吧？"

涂言没说话。

顾沉白责备地看了顾朝骋一眼，然后轻轻地拍了拍涂言的肩，宽慰道："没关系的，言言，你能陪我过来，已经是最好的礼物了。"

顾朝骋在旁边看热闹不嫌事大地"啧"了一声。

涂言推开顾沉白，一个人往阳台上走去，顾沉白连忙追上去。

不知道为什么，涂言突然很想哭。他明明是最讨厌哭的，他合作过的导演都说他什么都好，就是哭戏哭不出来。他背对着顾沉白抹眼泪，可抹完眼泪，鼻涕又流了出来。他刚吸了两下鼻子，一旁的顾沉白就递来了纸巾。

"言言，怎么了？"

涂言拿过纸巾擤了鼻涕，嘟囔着问："你爸妈都这么偏爱你，为什么顾朝骋不吃醋？"

顾沉白失笑道："大概是因为我残疾？"

"可顾朝骋对你也很好，所有人对你都很好。"

顾沉白走近了些，紧张地问："言言，你怎么了？"

"我——"我忌妒你被所有人偏爱。

涂言从未如此脆弱，像个小孩子一样哭了，抽噎着说：

"我爸妈从来没给我过过生日。"

顾沉白连忙轻轻地拍他的后背。

涂言低着头哭,泣不成声,过了好久好久才缓过来。

缓过来之后他又觉得丢人,把顾沉白推开了,一个人背过身擦了擦满脸的鼻涕和眼泪。

顾沉白没有说话,静静地陪在涂言身边。

"我没你想得那么可怜,你不许同情我。"涂言背对着顾沉白,凶巴巴地说。

顾沉白应道:"好。"

半晌后,涂言才转过身,手攥成拳头举到顾沉白面前,命令道:"伸手,送你一个礼物。"

"哦?"顾沉白挑眉,听话地摊开手。

涂言把拳头砸在顾沉白的手心上,然后放了一个东西在顾沉白的手上。顾沉白低头一看,原来是涂言擦鼻涕和眼泪的纸团。

看着顾沉白被骗到的样子,涂言破涕为笑。顾沉白装作恼火的样子把纸团扔到一边的垃圾桶里,然后回身用手指指了指涂言,说:"就知道戏弄我。"

涂言沉默了会儿,突然说:"其实,我给你买了礼物,但和你哥买的一模一样。"

因为顾沉白喜欢摄影,所以他们都买了最新款的相机。涂言的礼物是前几天买的,他无意中看到了顾沉白的身份证，知道了顾沉白的生日是7月9日，那天他在睡觉前莫名其妙地点进了一个购物App，然后就搜起了新款相机。

他也没想到自己会主动给顾沉白买礼物，更没想到他会和顾朝骋买了同样的礼物。

涂言把自己藏在沙发靠枕后头的礼物盒拿出来。他原来藏在自己的包里，来了顾家大宅后又偷偷藏到了沙发上，想着到时候拍一下顾沉白的肩膀，告诉顾沉白礼物在靠枕后面。这样涂言既不用说什么祝福语，也不用被顾沉白笑话。他把包装好的相机拿给顾沉白看，说："既然你已经有一个了，那我这个……"

顾沉白连忙夺过相机，很珍惜地放好，然后拉着涂言走到客厅中央，把顾朝骋送的礼物塞回正在逗鸟的顾朝骋的手里。

顾朝骋一脸蒙地看着他们。

"哥，言言已经送给我一模一样的相机了，你这个就留给你自己用吧，心意我领了。"

涂言眨巴眨巴眼睛，有点儿发愣，听到顾沉白凑到他跟前对他说："谢谢小朋友的礼物。"

涂言一直惊讶于自己在顾沉白面前的任性表现，在遇到顾沉白之前，他几乎没有发过那样幼稚的脾气。

他对大多数人很冷淡，从不与人深交，所以外界对他的评价也很统一，说得好听点儿叫有个性，说得难听点儿就是不好相处、恃才傲物。

没人用"可爱"来评价他，除了顾沉白。

他总是想起顾沉白说他像小兔子。如果是别人这样说，他可能会当场发火，让那人下不来台，可顾沉白这样说，他却感觉好像被看穿了，只能急急忙忙地转过身把伪装自己的面具戴好，不让顾沉白有机可乘。

顾沉白对他像是没有底线，明明他都说那么难听的话了，顾沉白还是会很温柔地对他微笑。他还记得有一次，顾沉白陪着涂言在客厅里看纪录片，讲的是在医院发生的形形色色的故事，其中有一集的主角是截肢患者，涂言看到一半了都没意识到问题，还评价其中一个患者的义肢："还是看得出来，走路还是有点儿瘸。"

说完他脑子里忽然警铃大作，意识到不对，他连忙闭上了嘴，将纪录片关了，随便调了一个综艺节目。他借着吵闹的观众鼓掌声，紧张地用余光瞥顾沉白，只见顾沉白撑起手杖往厨房走去。涂言心里一惊，暗想这人是不是要去拿刀还是别的什么东西，是不是要给说错话的他一点儿教训，涂言正慌张地找防护物的时候，顾沉白却端着一个水果盘从厨房里出来了。

涂言缩在沙发里，不敢说话。

顾沉白把水果盘放到涂言面前，让他吃水果。涂言低头

054

一看,都是他喜欢的水果。

"公司那边发消息来,说有点儿急事需要我处理。我们的晚饭要迟一点儿吃了,你饿了的话就先吃水果垫一垫,好吗?"

涂言愣愣地点头,然后目送顾沉白走到书房进行远程办公。

顾沉白走路其实不是很跛,他常年健身,整个人的平衡感很好,手杖运用得也相当熟练,不仔细看的话,甚至看不出来他右腿的残疾。涂言有时候会忘了顾沉白才是那个需要被照顾的人。

涂言突然觉得顾沉白的背影有一些落寞,心情也跟着变差了。

涂言想到顾沉白做饭的时候,因为手杖的存在,干什么都很不方便,切菜时需要将手杖放在旁边,整个身子靠在橱柜上,炒菜时再将手杖重新拿起来。涂言还记得他第一次看顾沉白做饭,心都提起来了,有些害怕,也有些愧疚,所以提议找个保姆,但顾沉白不让,还神色落寞地问:"我做的菜很不好吃吗?"

涂言连忙摇头道:"没有。"

"那是为什么?"

涂言就回答不出来了。他不想说:找一个保姆是为了照顾你的饮食起居,这样你就不用这么辛苦了,我也不用心生愧疚。

过了一会儿，顾沉白说："言言，我不太喜欢家里有外人，可以不请保姆吗？如果你觉得我做饭不好吃，我就再学学。"

涂言觉得郁闷，为什么顾沉白总是能说出这种让人心里发酸的话，让他有气无处撒？他低头抠了抠自己的纽扣，闷声说道："随便你，反正这是你家。"

后来顾沉白真的把自己关在厨房里精进厨艺，他把平板电脑放在窗台上，每天都要花好几个小时练习做菜。涂言扒着酒柜边偷偷地往里看，好几次看到顾沉白因为转身匆忙差一点儿摔倒。涂言气得跺脚，不明白顾沉白为什么要这样自虐。

涂言不喜欢顾沉白这样默不作声地一个人承担所有，搞得涂言像一个恶毒的反派。

所以当这次又因为说错话让顾沉白难过了时，涂言就想做点儿什么事表示歉意。涂言在顾沉白结束工作要去厨房做晚饭的时候，喊住他："顾沉白，今晚我们出去吃吧，或者去看一场电影。"

顾沉白站在原地，莞尔道："言言，你又有什么不平等协议要我签？"

"我才没有，"涂言气恼地说道，"不信拉倒，你爱去不去。"说完就要走。

顾沉白挡在他的面前,递了个台阶给他下:"哎,好巧,你怎么知道我今天特别想看电影?"

涂言哼了哼,摆出一副勉为其难的样子说:"哦,那你想看哪一部?"

"就看那部你参演的最新上映的《城市列车》吧,应该还没下线,我还没来得及看。"

"干吗非要看我演的?"

"就是想看。"顾沉白笑着说。

涂言扔下一句"无聊",然后飞快地跑去卧室换衣服了。涂言从头到脚全副武装,口罩和墨镜一个不落,走到顾沉白旁边的时候差点儿把他吓到。

因为没吃晚饭,顾沉白在路上逼着涂言吃了一个三明治垫肚子,不许他把爆米花和可乐当饭吃,因此到了电影院的时候,涂言还气呼呼的,顾沉白给他买了一份大桶的爆米花,他才消气。

他们坐在电影院的角落,虽然观影视角不算太好,但胜在不引人注意,足够安全。

影片开始了,涂言兴致缺缺地吃着爆米花,思绪飘了几次,就是没法儿在电影上停留。因为这部戏是他和祁贺一起拍的,当时他们几乎每场戏都躲着镜头互翻白眼、互相骂着玩,尽管他们在戏里演的是从小一起长大的死党。现在想想,这部片子几乎可以被归进涂言的黑历史里,他这辈子不要再看第二遍。

顾沉白看得倒是很认真,一动不动地盯着大银幕,涂言把黄灿灿的爆米花往他的手上扔,他都没空搭理,只放在手心里,继续看电影。

电影放到结尾部分的时候,涂言都要与周公相会了。迷迷糊糊中听见周围人的议论声,他猛地睁眼,还以为发生了什么大事,结果一抬眼就看到大银幕上,他和祁贺正坐在屋顶上谈心。

影片到达最后的高潮,大概的剧情是他演的角色原本要离开那座城市,但祁贺在最后一刻赶了过来,将多年的误会一一解释清楚,两个好兄弟终于冰释前嫌。

影院里传来此起彼伏的抽泣声,顾沉白转头看向涂言,压低了声音说:"演得很好。"

语气依然温柔,涂言隔着墨镜看不清楚他的眼神,但还是很明显地感觉出来顾沉白夸奖得不走心。

涂言没回答,连一个谦虚的微笑都没给顾沉白。涂言抓过爆米花想猛塞一把,临到嘴边又放下了。他觉得胸口闷闷的,像有一只漏气的小皮球在他的身体里横冲直撞,又逃不出去。

电影刚结束,还没等放片尾曲,涂言就要走,但顾沉白把他拉住了,说:"言言,我们还是最后走吧。"

涂言于是坐下了,跷起二郎腿掏出手机玩。

不料屋漏偏逢连夜雨。

隔壁座位上的两个人也没走,他们好像准备听完整首片尾曲,所以慢悠悠地攀谈着。

坐在左边的人说:"剧情比我想象得好,果然,我家言言挑剧本的眼光一流!"

坐在右边的人说:"言言最近在干什么呀?一点儿消息都没有。"

左边的人难过地说道:"是呀,'站姐'都找不到他,他好像人间蒸发了一样,我好想他啊。"

"群里有个姐妹说在超市看见过一个很像言言的人,他陪在一个挂着手杖的人身边,像是在照顾对方。"

"说得好像言言去当护工了,笑死了,怎么可能?!"

"哈哈,我也觉得不可能,言言是多么骄傲的一个人哪。"

在旁边被迫听完整场八卦的涂言:"……"

他木着脸放下爆米花桶,强行忍住想要给自己澄清的冲动,深呼吸了好几口气才缓过来。

然后他就听到顾沉白轻笑了一声。

"你笑什么?"

顾沉白回答:"没什么。"

涂言像火山爆发一样,站起来气鼓鼓地走了。

经过隔壁座位还在八卦的两个人身边时,他的脚步更快,顾沉白哪里跟得上他的速度,等涂言已经在楼下玩了四轮娃娃机，顾沉白才拄着手杖走过来。

涂言第四次抓空了，心里更气，更加郁结，一巴掌拍在娃娃机的操纵杆上。

顾沉白看了发笑，走过去移动操纵杆，问："言言，想要哪个？"

涂言轻嗤道："说得好像你能抓到一样。"

"那我就选里面那只一脸不高兴的小兔子吧，看着好可爱。"顾沉白也不恼，只笑了笑，然后把操纵杆往里面推。

顾沉白没有把金属抓手完全对准玩偶，而是选了一个特殊的角度，涂言正疑惑着，就看到顾沉白突然摁下了抓取键。他吓了一跳，正要说"还没对准呢"，就看到那个原本"病恹恹"的金属抓手慢慢地落下来，然后精准地夹住兔子的圆屁股，稳稳当当地把兔子运送到了出口。

"真邪门。"

涂言再次无语。

涂言弯腰去拿了玩偶，顾沉白接过来，把兔子举到涂言的脸旁边，说："特别像。"

涂言被顾沉白搞得不知所措，又气又恼，反驳的话都忘了说，夺过兔子就走。

顾沉白的司机把车开到影院旁的路口处，涂言上了车，一直到家门口都没跟顾沉白说一句话，下了车之后又急匆匆地按大门的密码，结果按了几次都不对。

顾沉白轻笑,也不帮他,就在旁边悠悠地看着。

"你烦不烦?"涂言朝他发无名火。

顾沉白伸手输入开门密码。

涂言表情不快地走到屋檐下,拉开门就走进去,却在玄关处停下。

顾沉白走得慢,等他跨进去关上门,房间里还是一片漆黑,只隐隐约约地看到涂言在门旁站着,于是疑惑地问道:"言言,怎么不开灯?"

"先别开,我有两句话要说,"涂言的声音在黑暗里显得很清晰,没有电影里那么低沉,带着少年气,"刚刚那两个粉丝说得对,我就是很骄傲的一个人,不只是在你这里,这几年我过得也不是很好。娱乐圈的水很深,我想要置身事外就得坐冷板凳,还要演自己不喜欢的角色,还有我的家里……"

顾沉白静静地听着。

"你之前说得没错,我就是不爱笑了。"

"言言,明天我陪你去见心理咨询师,好吗?"

涂言愣住了。顾沉白打开了灯。

"这不是什么大事,就像我的腿,不舒服就要去看医生。心里不舒服的话,也可以去看医生。"

涂言甩下一句"我才没有病呢",就跑回了自己的房间。

第三章　敞开心扉

这天雨下得很大。涂言在雨天总是犯困,他倚在床头打了一局游戏,眼皮都要睁不开了,索性放下手机睡了一觉,等醒过来已经六点半了。他觉得饿,就喊了一声"顾沉白",但没人应。

他心里觉得奇怪,趿拉着拖鞋下了床,推开书房门,发现顾沉白根本不在。

顾沉白还没有回家,也没有给涂言打电话。按理说顾沉白不会这样的,因为腿脚不方便,他一般不去华晟办公,如果有什么事情需要他去的话,他也会在下午五点左右赶回来,而且晚归几分钟都会提前告诉涂言,不会这样一通电话、一条短信都没有。

涂言拿起手机翻了翻通话记录,反复确认了一下,确实没有顾沉白的来电。窗外是疾风骤雨,涂言莫名其妙地有些慌。

他踌躇再三,还是拨通了顾沉白的电话,结果"嘟嘟"地响了半分钟都没人接。涂言觉得不对劲,于是打电话给顾朝骋，问他顾沉白什么时候下的班。

顾朝骋没好气地说："你连他几点下班都不知道？"

涂言听到顾朝骋的声音就觉得讨厌，又没法儿跟他吵，毕竟他是涂飞宏的债主，又是顾沉白的哥哥。涂言忍气吞声，勉强平静地说道："他到现在都没回来，电话也打不通，所以我才来问你。"

顾朝骋愣住了，说："沉白还没到家？可他五点不到就回去了，我看着他进电梯的。"

涂言挂了电话，又打电话给顾沉白的司机。

司机说："顾总说要去超市买点儿做蛋糕的材料，我本来在外面等他，但我家里突然来电话，说有急事，让我回去，顾总就让我先走了，说他自己待会儿打车回去，怎么了？顾总还没到家吗？"

涂言这下才真的慌了，记下了顾沉白去的超市名，拿起大衣和口罩，抓起门口的伞就出了门，冲进雨里。

涂言从家跑到小区门口，一路上不停地朝左右两边交替着看，生怕错过顾沉白的身影。他跑得太猛，又戴着口罩，很快就有些喘不过气来，索性摘了口罩，也顾不上会被路人认出来。

他跑进超市的食品区看了一圈，又在门口等了一会儿，都没看到顾沉白，一颗心又沉了几分。

他突然好害怕，一种未知的恐惧感迅速袭来。

就在他再次冲进雨里，准备回小区保安室让人调监控的时候，他看到了一个熟悉的身影。

顾沉白坐在不远处的公交站台处，他的大衣被雨淋湿了，雨伞摆在旁边，额前有几绺碎发垂下来，但他坐得笔直，看起来没有半点儿狼狈样子。

周围的人都在奔跑急走，雨水打乱了所有人的节奏，鸣笛和呼喊声交织在一起，刺人耳膜，只有顾沉白安安静静的，像被这个世界遗弃了，又像一个孤独的电影镜头。

涂言朝他走过去，把伞撑在顾沉白的头顶。

顾沉白反应慢了半拍，抬起头来的时候，眼神由淡然变得浓烈，突然添了神采，他说："言言，你怎么来了？"

涂言这才看到顾沉白的脸色有多苍白，冷冷地俯视着顾沉白，问："你的手机呢？为什么不接电话？"

顾沉白没有立即回答，先是垂下眸子，然后在涂言生气的目光中被迫抬头，唇动了动，最后还是为难地说了实情："手机刚刚掉到水坑里了，我捡得有些慢，现在打不开了。"

涂言鼻头一酸，嘴上说着"笨死了"，但还是朝顾沉白伸出手，说："回家。"

顾沉白扶着他的胳膊站起来，身子却突然晃了两下，涂言这才注意到顾沉白的手杖不在。

"刚刚从超市出来的时候被一个孩子撞掉了，当时人太多，我只顾着往后退，本来想等人潮涌出去之后再去捡手杖的，结果找不到了。"

顾沉白说话的时候一直垂着眼，好像做错了事。

他的话音刚落，涂言转身就走，顾沉白喊了涂言一声，又怕引得周围人关注，害涂言被人认出来，就赶忙噤了声。

顾沉白重新坐回去，想着这雨什么时候能停，等雨停了他说不定就能走回去。可没过几分钟，他就看到涂言把车开了过来，停在路口。

涂言下车后打着伞走过去，二话没说就把顾沉白的胳膊架在了自己的肩上，让顾沉白把重心压向自己，问他："能走吗？"

顾沉白说："可以。"

涂言既要撑着伞，又要支撑顾沉白，走得很艰难。

顾沉白为难地说道："言言，要不然等雨停了……"

"不要，你别说话，很快就到车上了。"

于是顾沉白闭上嘴，咬着牙一步一步走到了车前。涂言把伞塞到顾沉白的手里，自己倾身过去开了车门，顾沉白几乎是倒进去的，头撞到车门框，涂言伸过去的手慢了一步，想帮他挡却没挡到。

等把顾沉白安顿好，涂言才关好车门，往驾驶座那边走去。

涂言隐约感觉到公交站台下的人在看他——用那种好奇探究的眼神。他无端来了火气，一记带着寒意的眼刀飞过去,那人立刻吓得转过头去。

等到家的时候,顾沉白连忙催着涂言去洗澡,担心他受凉。

涂言冷着脸把湿淋淋的顾沉白往浴室推,凶巴巴地瞪他:"你管好你自己吧!"

顾沉白扶墙站着,表情有些复杂,语气也怪怪的,轻声说:"言言,对不起,给你添麻烦了。"

涂言顿住,难以置信地望向顾沉白。

"我总是太自信,以为自己什么都能做。"说罢,顾沉白就转身进了浴室。

涂言看着门口鞋柜上的购物袋,里面是提拉米苏的制作材料。

他昨天就是随口说自己想吃,顾沉白今天就冒着雨也要去买,还把自己搞成了那个样子。

其实顾沉白本来是一个很骄傲的人,他的骄傲不需要语言和行动来表达。涂言也能感觉出来,平时顾沉白只是让着他,把他当小孩儿,不是真的放下自尊。

可现在顾沉白在为自己的残疾造成的麻烦说"对不起"。

顾沉白觉得自己是涂言的麻烦。

涂言感觉有一瓶碳酸饮料在他心里炸开了,又酸又涩,胀得他难受。

他不知道该说什么,只能跑回卧室,帮顾沉白拿了睡衣。

涂言在自己的房间的浴室洗完澡出来，先点了两份外卖，然后走到顾沉白的房间里，看到顾沉白正坐在床上捣鼓自己的手机。

"手机还是打不开吗？"

"嗯。"

"顾朝骋不就是卖手机的嘛，让他明天送一部过来，"涂言抬起头，睫毛扇了扇，"这部手机里面有很重要的东西吗？"

顾沉白说："嗯。"

涂言轻笑。顾沉白放下毛巾，和涂言静静地对视，良久才开口："我其实没怎么为自己的身体缺陷自卑过，可是今天，我希望你没有出现在那里，因为我不想让你看见我狼狈的样子……"

涂言没等顾沉白说完，就打断了他的话："顾沉白，明天你陪我去看心理医生吧。"

我想变好，不想无缘无故地冲你发脾气了。

顾沉白笑着说："好。"

过了一会儿，涂言问了一个他一直很疑惑的问题："你的腿是怎么伤的？"

顾沉白沉默了一下。

涂言说："你不想说也没关系，我就是随便问问。"

"没什么不能说的。"顾沉白摸了摸涂言的头发，"十五岁的时候，我和我哥走在路上，有辆车开过来，本来要撞上我哥的，我眼尖看到了，就冲上去把他推开了，结果自己没躲得过。"

顾沉白说得很轻松，好像在聊别人的事情。

"其实能有这个结果已经是不幸中的万幸了，至少我保住了这条腿，没有被截肢。"

涂言听得觉得很憋屈，手不自觉地握成拳头，说："顾朝骋怎么回事？走路不看路吗？"

顾沉白无奈地笑道："言言，天灾人祸怎么逃得掉？"

涂言皱着眉头看着顾沉白。他本来觉得自己已经很可怜了，爹不疼妈不爱的，可顾沉白好像比他更可怜，伴随着顾沉白的是终身残疾。跟顾沉白比起来，自己已经很幸运了，他至少不会被一场大雨困住，丢了手杖，摔了手机，可怜兮兮地坐在公交站台里等着雨停。

"其实娱乐圈一点儿都不好，有很多令人不快的规则，明明所有人都知道那些规则很不好，但所有人都默默地遵守，甚至主动维护。我不喜欢那样的环境，很压抑。"

涂言躺在床上，顾沉白坐在旁边的凳子上，这是他们认识以来第一次谈心。

顾沉白不置一词，静静地听着涂言宣泄。

"走到哪里都被狗仔跟着，还有那种极端粉丝。

"说了不想参加还是要参加。

"在镜头面前不能露出半点儿不开心的样子。"

顾沉白把水杯递给他,柔声说:"以后不会了。"

"小言,小言,你醒醒。"
"快醒醒。"

涂言感觉到有人在喊他,声音很急切,时空像裂了一条缝,把那人的声音清晰地传输进来,顾沉白的脸在眼前渐渐淡去,他这才意识到自己刚刚在做梦。

喊他的是经纪人,她正站在沙发边紧张地看着他,问:"小言,你怎么满头大汗?是不是身体不舒服?"

化妆师也站在旁边,神色担忧道:"是啊,涂少,你的脸色太差了,要不去医院看看吧?"

涂言刚要摆手,胃里却泛起一阵恶心感,直冲上来,他没有忍住,跑进卫生间吐了个昏天黑地。

突然停药终究带来了恶果,涂言坐在洗手台边,沮丧地想。他的情绪再次坠入谷底。

涂言一个人去了医院,带着厚厚一沓病历本。

医生推了推老花镜,仔细看完涂言的检验报告,问道:"才吃了四个月就停药?谁让你停药的?"

涂言低下头,没辩解。

"还是得继续吃药。"

"好。"

涂言正想着要不要告诉顾沉白,医生已经把药单递给了他。涂言接过药单，刚走出去，就迎面撞上一个女孩子。女孩儿一开始没注意，等戴着鸭舌帽和口罩的涂言从她的身边经过，走远了，她才猛地反应过来刚刚那人是谁。

涂言？

等涂言排队拿完药，经纪人的电话就打了过来："小言，不好了，你去医院的事情被人拍下来发到网上了，好多媒体记者正在往那边赶。"

"什么？"

"你先待在那边别动，等我过去。"

娱乐新闻狂风式的传播速度让本身就没几年经验的经纪人有些措手不及。

她还在联系公司的时候，医院楼下就已经有人扛着摄像机蹲守了。经纪人到了以后，立刻去找医院的负责人交涉，正火急火燎地准备带着涂言从紧急出口走的时候，又接到公司同事的电话，说一切都已解决，热搜话题撤了，医院楼下的狗仔也被清了。

经纪人愣住了，问："谁解决的？"

"华晟，顾家。"

"什么？"

同事也一头雾水地说道："那边的人突然来了通电话，说让我们停手，一切交由他们处理。结果几分钟的工夫，舆论就被控制住了，现在这个话题你连搜都搜不到，应该是做了不少公关。你问问涂言,他是不是和顾家有什么私交哇?"

"应该没有吧,他好像连顾朝骋都不认识。"

"那就奇怪了。"

"是不是因为涂言是华晟的品牌代言人?"

"你见过品牌方上赶着给小明星撤热搜话题的?"

经纪人闭了嘴。

"对了,涂言怎么回事?他真有抑郁症?"

经纪人为难地握住手机,回道:"他不肯说。"

"这么大的事,他……算了,反正人家不缺这份工作,想来就来,想走就走,我们也管不着他。"同事轻嗤,戏谑道,"反正娱乐圈里心情不怎么愉快的人那么多,希望他别太入戏,最后像……"

"你别瞎说。"

"哎,告诉你一个秘密。我听人说,华晟名义上的大老板是顾朝骋,但实际上说话最有分量的人不是他,而是他弟。他弟这人年纪不大,为人低调,很少露面,但能力很强,帮顾朝骋挣了不少钱,现在身家上亿,是'钻石王老五'里的王牌……所以与其让涂言在娱乐圈里待到抑郁,不如去给顾二少做事,赚的钱未必比当演员少。"

经纪人蹙眉道:"你这话是什么意思?涂言是那样的人吗?"

同事笑了笑,说:"是,是,是,我开玩笑呢,你别护犊子了,别生气,我就是看不惯他那清高的样子,既然事情被人解决了,那我也下班吧,挂了。"

顾沉白到医院的时候,涂言还坐在长椅上发呆,好像网络上的暴风骤雨和他毫无关系。

经纪人在五分钟前终于知道了涂言患上抑郁症的消息,还没来得及吃惊,一转头就看到电梯里走出来一个身形修长的男人。男人相貌出众,穿着剪裁合身的驼色大衣,手里握着一根精巧的黑金色手杖。

经纪人觉得这个人有一丝面熟,但又可以肯定是不曾见过的。

那人径直往涂言的方向走来,经纪人连忙要起身,却被涂言拉住。涂言摇了摇头,说:"没事,认识的。"

经纪人略微迟疑,看了一眼来人。

顾沉白走到涂言面前,没有说话,先俯下身抽出涂言手里被攥得不成形状的报告单,展开看了看。

涂言眼眶一热,他不愿意承认,他现在心安得像倦鸟归巢。

顾沉白许久没有开口,涂言一时缓不过来,正要习惯性地说些拧巴话时,顾沉白却伸手摸了摸涂言的发顶,语气淡淡地问他:"是不是很难受?"

涂言满肚子的话被堵在喉咙里,他抬眸望向顾沉白。

经纪人一听这话便知这两个人应该是关系很好的朋友,便随口找了一个理由先行离开。

长廊里只剩下顾沉白和涂言两个人。

"为什么不告诉我?"

"我自己可以解决。"

"抑郁症要怎么自己解决?言言,不要逞强。"

"谁逞强了?!"涂言愤然地说道,"你凭什么觉得我自己不可以解决?不就是抑郁症吗?你的腿这样,你都可以自己照顾自己,可以生活得很好,为什么我不能?"

话音刚落,涂言就看到顾沉白的眼睛里闪过一丝落寞之色,他立即又后悔,闷闷地说道:"我不是那个意思,我就是……就是有点儿累。"

"药开好了吗?"

"我不想吃药。我不喜欢嗜睡,不喜欢对什么都提不起兴趣的感觉。"

"言言,听话。"

涂言冷冰冰地说:"别管我了,我已经不是你的护工,雇佣关系已经结束了,你没资格对我的人生指手画脚。"他说完就要离开。

顾沉白顿了两秒,随后跟了上去。

涂言四肢虚软,推了安全通道的门几次都推不开。顾沉白在他身后帮他推开了,用手挡住,让他先走。涂言闻到一股熟悉的味道,鼻头一酸,硬邦邦地说:"谢了。"

"涂言,"顾沉白喊住他,"我送你回家吧。"

涂言愣了愣,突然意识到哪里不对。

顾沉白不叫他言言了。

顾沉白从来没有这样连名带姓地喊过他,像是在与一个陌生人说话。

涂言还没来得及做出反应,顾沉白的司机已经等在楼下了。涂言以为顾沉白会把他带到别墅,但是顾沉白自然地报出了涂言现在住的小区的名字,然后吩咐司机从医院后门出去。

顾沉白在路上问涂言晚上想吃什么。涂言看着窗外,情绪低落地说:"不想吃。"

"你现在饮食上不能再乱来。"

涂言冷笑,回头对顾沉白说:"跟你没关系。"

涂言以为顾沉白会追问什么,但顾沉白没有。

到了涂言住处的楼下,顾沉白陪着涂言下车,说:"我上去给你做顿晚饭再走。"

涂言该拒绝的,可说不出口。他现在太需要朋友陪伴了。他已经习惯了将负面情绪倾诉给顾沉白。

这栋房子是涂言几年前买的,很多东西他还没来得及整理,乱糟糟地堆在各处。涂言换了鞋,视若无睹地径直往卧室走去,无声地脱了外套和裤子就钻进被窝。

顾沉白在外面帮涂言收拾东西,把纸箱上的胶带一条条撕开,将里面的东西分门别类地放在餐桌上。

涂言听到了顾沉白的脚步声,不紧不慢,忽轻忽重,混着金属手杖与瓷砖的碰撞声。

涂言死死地捏着被角,想哭又哭不出来。

顾沉白忙完了,走进卧室,弯腰把地上涂言的几件衣服捡起来,找到卫生间的脏衣篓,放进去,然后转身走到涂言的床边。

顾沉白突然坐下来,涂言心里一紧,连忙把眼睛闭上。

"言言,抑郁症真的没什么。"顾沉白说。

没听到涂言的回应,顾沉白继续说:"不用在意别人的想法,你只需要在乎自己的感受。我从来不觉得你的负面情绪对我来说是负担,就像你也没有真的嫌弃过我残疾。"

涂言嫌弃过吗?

曾经嫌弃过的,在他们刚刚开始相处的那段时间里。

涂言只是在戏里演过男护士,实际上学到的技能很少,对如何照顾一个有腿疾的人,他更是一无所知。所以在最开始,他对顾沉白是避之不及的,哪怕在床上睡一整天,他也不想见顾沉白一面。

后来他自己也觉得过意不去,慢吞吞地走到顾沉白的身边,清了清嗓子,咳了一声,说:"要我做什么?"

顾沉白当时正在修剪花枝,笑着把剪刀递到了涂言的手上，说:"试试?"

涂言别别扭扭地接过剪刀,一边瞥着顾沉白的脸色,一边研究这是什么花。

顾沉白提醒他:"这是月季。"

"哦。"涂言"咔嚓"一下,剪掉半片叶子。

"……"

他恼羞成怒道:"我不擅长做这个,我去做饭!"

实际上他更不擅长做饭。

顾沉白站在厨房门口,看着涂言把他收拾得干干净净的厨房弄得一片狼藉,然后无奈地走上去,拦住涂言的手,说:"言言,水滴到热油里会炸的。"

涂言尴尬地僵住。顾沉白笑了笑,拿过他手里的蔬菜,把厨房纸巾盖在上面吸水,又把肉丝放在碗里提前腌制。挂着手杖的顾沉白在厨房里看起来比涂言还要灵活,他三下五除二地就做好了一顿午餐,还顺手打扫了卫生。

涂言默默走过去帮他洗抹布,脸色青一阵白一阵。

顾沉白眼里含笑,说:"其实做饭和打扫卫生都挺解压的。"

涂言一想,好像确实是这样。

经过这一次相处,涂言才开始试着卸下防备。他不再把顾沉白当成敌人,而是试着把顾沉白当成一个合租的室友,后来慢慢变成朋友。

顾沉白的腿伤是他十五岁的时候落下的。

那时的他还是学校篮球队的队长，放学后和哥哥顾朝骋走在路上，迎面驶来一辆疾驰的轿车，顾朝骋没有留神，顾沉白冲上去推开了他，自己却来不及躲闪。

顾沉白因此也有过一阵颓废消极的日子，毕竟他那时是一个多么璀璨耀眼的少年，骤然得知自己以后只能拄着手杖生活，一时之间自然不能接受。但因为温暖的家庭、爱他的亲人，还有他本身就阳光坚强的性格，他最终得以从那片悲伤的阴影中解脱出来。

涂言问顾沉白："你为什么不会自怨自艾呢？"

顾沉白笑着回答："言言，因为那没有用，我不喜欢浪费时间。"

涂言想起了很多和顾沉白相处的时光。

一次午后，他们看完电影，坐在阳台上晒太阳，涂言说："好没意思。"

顾沉白问："怎么没意思了？"

"不知道，我……我好像总是快乐不起来。"

"在埃及，人们相信死后会被问到两个问题，然后根据这两个问题的答案，决定这个人是进天堂还是下地狱。第一个问题是'你是否找到了你人生中的乐趣'；第二个问题是'你的人生是否给别人带来了乐趣'。"顾沉白抬眸望向涂言，温和地笑着说，"言言，你只需要思考这两个问题就好。"

从回忆中挣脱出来，回到现在，涂言看着床头那一沓病历单，还有新开的药，耳边是顾沉白的声音："言言，抑郁症真的没什么。"

抑郁症真的没什么吗？

他已经一次次将自己喜怒无常的那一面展示给顾沉白看了，顾沉白每次被他刺伤，眼里都会闪过落寞之色。

他为什么总是像刺猬一样？

涂言觉得有什么话就要宣之于口了，很想说出来。他明明可以说出来的，但长久以来的自我防备让他变得害怕袒露内心。

面具戴久了的人，一旦说了真心话，就会被别人瞧不起的。

涂言的朋友们都是这样拿他的真心话在背地里嘲笑他的，所有人都喜欢看他的笑话。

顾沉白也会的。

顾沉白印象里的那部青春片里的涂言，是一个高傲如白天鹅的人，他因为那部电影成了涂言的影迷。

如果顾沉白知道涂言其实是一个脆弱、胆小，控制不了自己的情绪，还假装成熟，假装"高冷"，实际上总是下意识地往角落里躲的丑小鸭，就不会觉得涂言好了。

涂言死死地咬住嘴里的软肉，胸口起伏不平。

顾沉白有些着急，说："可我真的很困惑，言言，我们这段时间相处的时光对你来说毫无帮助吗？你为什么还是不愿意对我敞开心扉？"

涂言垂下头。他错过了最好的反驳机会，不知道该从何说起。

顾沉白抽出一张纸巾递给涂言，涂言红红的眼圈刺痛了顾沉白，他深吸了一口气，强忍着想要安慰涂言的冲动，转身走了出去。

他拿起餐桌上的手机，发了几条信息，半分钟后得到了回复。

回复人是阮南轻，HT集团的三小姐。

"牛肉火锅可以吃，葱姜蒜可以吃，辣椒可以吃，只要不是重辣重油的东西就好，注意荤素搭配，营养均衡。"

"抑郁症患者哪有什么忌口！"

"不过也要注意，不能吃太多咖啡因含量高的东西。"

"只要不走厌食或者暴饮暴食这两个极端就好，其他的情况不用太小心。"

顾朝骋送来顾沉白的换洗衣服时，涂言刚刚同意下床，坐在床边等着顾沉白帮他拿棉拖鞋。

涂言离职之后的生活过得乱七八糟的，家里也没收拾，鞋柜里还全是夏天的凉拖。

顾沉白看不过去，让他坐着别动，自己转身去储藏室给他找了一双棉拖鞋，放在涂言的脚边，还递了一双中筒棉袜给他。

涂言默默接过袜子，一声不吭地穿好，穿好后还抬起眼皮哀怨地看了顾沉白一眼。顾沉白视若无睹，只说："下来洗个脸，等会儿开饭。"

顾朝骋按着顾沉白发来的地址，找到涂言的家，按了两下门铃都没人应。

他正要打电话时，门倏然被打开，涂言站在里面，眼睛和鼻子都红彤彤的，活像只兔子。涂言看见来人是顾朝骋，耷拉下眼皮，也不打招呼，连往日的剑拔弩张样子都不见了，病恹恹地转了身，坐在餐桌边发呆。

顾沉白从厨房里出来，说："来了，一起吃晚饭吧。"

顾朝骋摆手道："不用，晚上还有一个应酬。"

他把袋子放在玄关柜上，换了拖鞋走进去，打量了一下涂言的家，然后语气不快地对涂言说："要不是看你有抑郁症，我是绝对不会同意沉白过来给你当免费保姆的。这么大的人了，还要一个腿脚不便的人跑前跑后地照顾你，你怎么好意思的？"

涂言听到顾朝骋的声音就嫌烦，翻了个白眼，转个方向继续趴着。

顾沉白觉得涂言的样子实在可爱，不由得笑了笑。

顾朝骋恨铁不成钢地说："沉白，你能不能别犯傻了？他但凡有一点儿把你当朋友的意思，也不至于那么怠慢你，

082

当初离开顾家的时候不是挺爽快的吗,现在又在这儿装什么可怜?"

顾沉白看涂言又要哭了,连忙让顾朝骋闭嘴:"行了,你有应酬就快走吧。"

顾朝骋气不打一处来,满腹的怒火无处发,看着涂言颓唐的样子,就像一拳打在了棉花上,更加烦躁。

顾沉白给涂言盛了小半碗饭,又把凉了一会儿的鸡汤放到涂言面前。涂言拿着勺子小口小口地喝着。

顾朝骋在后面双手抱胸冷眼看着涂言,觉得他除了一张长得还不错的脸,几乎没有任何优点,好吃懒做、骄纵跋扈、狗嘴里吐不出象牙……真是想想就觉得烦人。

"沉白,我上次给你介绍的小楚,你觉得怎么样?"

顾沉白正在把蔬菜放进火锅里,没空分心听顾朝骋的话,可涂言听得清楚,愣了愣,小瓷勺"咣当"一声掉进了碗里。

顾沉白还以为他被烫到了,连忙放下筷子,问他:"怎么了?"

涂言摇头。

"我问你话呢,沉白,你和那个小楚聊得怎么样?"

顾沉白蹙眉道:"谁是小楚?"

"乘河国际的那个呀,我们不是一起吃过饭吗?她对你挺有好感的,我看你们也有共同话题。"

顾沉白回答道:"我和她没联系。"

"那阮南轻呢？我前天去 HT 的时候，碰到她爸……"

"行了，哥，"顾沉白打断他的话，"你不是还有应酬吗？"

顾朝骋还要说，但见顾沉白的脸色已经冷下来了，只能把话憋回去，清了清喉咙，推门走了。

"不用理他。"顾沉白给涂言添了勺热汤，"把汤喝了。"

涂言闷闷地说："喝不下。"

涂言气恼地站起来，推了一把顾沉白。顾沉白是倚着餐桌站的，没有挂手杖，突然被涂言推了一下，重心不稳，直直地往后踉跄了两步，在摔倒之前下意识地扶住了身后的酒柜。

涂言立刻慌了，一瞬间甚至忘了呼吸。

他冲上去扶住顾沉白，把顾沉白的胳膊架在自己的肩上，然后扶顾沉白到凳子上坐好。他像一个做错事的小孩子，满眼都是害怕之色，嗓子里发出呜咽声。顾沉白刚要安慰他，他就先蹲了下来，两只手握住顾沉白的脚腕，仰头问："有没有伤到这里？疼不疼？"

顾沉白摇了摇头，可涂言不相信，他不知所措地握着顾沉白枯瘦的右脚脚腕，揉都不敢用力揉。

顾沉白把他拉起来，失笑道："那里没有知觉的，言言。"

涂言没注意到顾沉白的称呼，又去抚顾沉白的后背，紧张地问："后面撞到了吗？"

顾沉白还是摇头。

"对不起，我不是故意的。"

顾沉白说："我知道，我没事。"

涂言后知后觉地问："你刚刚喊我什么？"

"喊你什么？"顾沉白不答反问。

"你……你刚刚明明……你喊我的……"涂言急得舌头都捋不直了。

顾沉白的眼里有笑意，他故意使坏，说："我喊你涂言哪，怎么了？你听成什么了？"

涂言一下子泄气了。

火锅煮沸了，顾沉白起身把火调小。

"先吃饭，好不好？"

"嗯。"

涂言乖乖地捧着碗，顾沉白给他夹菜他就吃菜，给他夹肉他就吃肉，像一个做错事情正努力弥补的小朋友，吃完了还夸一句"很好吃"。

顾沉白莞尔，问他："吃饱了没有？"

涂言垂眸道："吃饱了。"

顾沉白从顾家一直照顾到这里，涂言看着他走进厨房。顾沉白做事总是不紧不慢的，细致认真，遇到脏兮兮的油渍会皱眉头，调料瓶要按颜色的深浅排好，摆成漂亮干净的样子。

涂言呆呆地看着，直到顾沉白洗完手，带着淡淡的橘子味走到他身边的时候，才猛地回过神来。

顾沉白擦着手问他："介不介意我这几天住在这里？"

涂言摇头。

顾沉白苦笑，无奈地说，"我实在是不放心你一个人生活。"

涂言说："我……"

"这几天比较关键，你现在情绪不稳，不能一个人待着，所以我还是在这里多陪你几天，帮你调理好身体。"

顾沉白去涂言的储藏室里翻了一套寝具出来，放到沙发上。涂言在旁边默不作声地看着。

涂言拿出手机翻了翻，热搜榜上关于他的新闻已经荡然无存，干净得像是什么事都没有发生过。

他点开搜索栏，输入自己的名字，也只搜出来几条零星的实时微博，且这几条微博下面也都是寥寥几句呼应的评论。有人怀疑自己眼花了，怎么一转眼热搜就消失了。

"今天你帮我处理热搜话题的事，谢谢了。"涂言说。

"不用，小事一桩。"

"还有我爸的债务，我都会一一还清的，你放心。"

正在铺被子的顾沉白顿了顿，转身朝涂言笑道："好吧，等我有时间算一算。"

等顾沉白整理好自己的睡榻，已经晚上十点多了。

正在洗澡的涂言一听见客厅里传来顾沉白打电话的声音，立马关了莲蓬头，光溜溜地跑到门口，把耳朵贴在门缝上偷听。

"嗯，在照顾他。"

"我刚刚发给你的，你收到了吗？"

"哈哈，那是当然，过几天我请客，还望阮小姐届时能够赏光。"

阮小姐……是顾朝骋口中的那个阮南轻，在顾沉白家里喝下午茶的人。

涂言听完后，走回浴室，重新打开了莲蓬头。他洗完澡，拿毛巾擦身子，穿睡衣，吹头发，然后打开了浴室门，默默地往房间走去。

顾沉白坐在沙发上，手里正拿着平板电脑在仔细地研究什么。

过了几分钟，涂言听到顾沉白往浴室里走的声音。涂言的浴室里没有扶手装置，他怕顾沉白在里面摔倒，因此也不敢玩手机，就一直坐在床边，竖着耳朵听着，生怕错过一点儿动静。

可他的思绪又止不住地飘忽，想到离职前的那一个晚上的情形。

他问顾沉白："如果再给你一次机会，回到半年前，你还会让我来当你的护工吗？"

顾沉白说:"不会。"

涂言怔怔地点了点头,说:"那就好。"

涂言有一次无意中听见了顾母的话,才知道原来护工一事并不是顾沉白的原意,是顾母和涂飞宏的意思。顾母担心顾沉白一个人生活不方便,就自作主张地给顾沉白找了一个护工。而顾沉白为了不让涂言难堪,又怜他没人照顾,才勉为其难地接受了护工的事情。

顾沉白从来没有和涂言说起过此事,把一切责任都揽在了自己身上,任涂言因为护工的事情肆意拿话刺他。

顾沉白是涂言见过的最善良的人。

现在也是一样,明明他们已经没有关系了,顾沉白可以走向新生活了,却还是放心不下前护工,不辞辛劳地给他当免费保姆,傻透了。

涂言正想着,突然听见浴室的玻璃门被拉开的声响,顾沉白洗完澡了。涂言就在这一瞬间,突然做了一个决定。

他不能再伤害最关心他的人了。

他必须自己走出来。

抑郁症的药要继续吃,运动要继续做,但最重要的是,他必须向顾沉白敞开心扉。他想要告诉顾沉白那个他藏在心里且影响了他几十年的秘密。

吃完早饭,顾沉白说想去超市采购一些食材,问涂言想不想一起去。

涂言低垂着眸子,没有违心地拒绝,而是点了点头,然后回卧室去换衣服。

涂言复出之后的热度一直不低,还出了"在医院现身"这样的新闻,现在大摇大摆地出门还是有风险的,所以他们选了一个离家不远且人流量不大的超市,在上班高峰期结束之后的时间出门。

进了超市,涂言去旁边拖出来一个带小轮的塑料篮。两个人从入口处进去后,顾沉白直奔蔬菜区,涂言像小尾巴一样跟着。看着他在一堆自己叫不出名字的蔬菜里左挑右挑,涂言忍不住问:"顾沉白,你怎么这么喜欢买菜?"

怎么会有人喜欢柴米油盐的生活呢?

"你不觉得这个过程很有趣吗?和家人或者朋友一起逛超市,买喜欢的食材,在心里想着怎么把它们烧成可口的饭菜。我们先买蔬菜,再买肉和水果,等到前面的零食区,给你拿两袋果汁软糖,然后就回家。"

顾沉白回头看着涂言,想了想,又说:"言言,我是一个没有太大出息的人,不想赚很多的钱,也不想拯救世界,只想过最简单幸福的小日子。"

涂言心中动容,又不免难过,说:"可是我……我可能做不到。我连出门都要包得像个木乃伊,有很多身不由己的时候,就连你喜欢去风景区摄影,我也不能陪你去。"

顾沉白宽慰他道:"没关系呀,不能去风景区,我们就在楼下散散步;不能去餐厅,我就在家里做饭给你吃。"

买完东西,两个人出了超市,上午十一点的阳光很刺眼。

"嫌累吗?要不让司机来接?"顾沉白问。

涂言摇头说:"走回去吧,反正也不饿,午饭可以晚点儿吃。"

他们并肩走在人行道上,两边都是匆匆赶路的人,看起来有些急切,除了几个拖着小菜篮车的老人,整条街上只有涂言和顾沉白最悠闲,好似没有时间概念,悠闲地往前走着。

涂言突然开口说:"顾沉白,我给你讲讲我以前的事情吧,其实挺无聊的,但如果你想听……"

"我想听,你慢慢讲。"

PRODUCTION 夏日少年
SCENE A001
SCENE 3
TAKE 11

第四章　　　　　真人秀

以前的事，他从何说起呢？

他若讲得少没有意义，讲得多又显得矫情。

涂言并不是一个擅长宣泄情绪的人，也不爱诉苦，大部分时候，他能自己消化，消化不了的，也会随着时间慢慢地淡忘。所以，让他在一个温暖和煦的冬日午后突然开始讲述他的过去，并不是一件容易的事。

可顾沉白在他的身边不急不缓地说："言言，不要紧张，我们只是在聊天。"

涂言看着路边光秃秃的树，做了一个深呼吸。

"很小的时候，总有人对我说'涂言，你有什么好烦恼的？你的爸爸妈妈那么有钱，你长得还这么好看，你已经比世界上百分之九十九的人要幸运了，你为什么还不开心？'。后来我进了娱乐圈，也有人对我说'涂言，你为什么要摆出一副臭脸，好像别人欠你钱一样？你年纪轻轻就能出名，有那么多的粉丝，还有戏拍，比你惨的人多了去了，你是最没资格抱怨的人'。"

顾沉白没有打岔，很有耐心地听着。

"其实我也确实没什么好抱怨的。父母离异，这是很普遍的事情对吧？祁贺的父母前年也离婚了，还为分家产闹得不可开交，祁贺也没有被影响到多少，每天还像只花蝴蝶一样玩得不亦乐乎。

"可能是我自己的原因，我太敏感了，也不够坚强，总是和过去的那些事情纠缠不清。"

顾沉白蹙眉，拍了拍涂言的肩膀。

"我爸妈算是家族联姻，所以他们没什么感情基础，我出生后，他们的关系缓和过一段时间，但后来他们还是分开了，之后他们一直是各过各的，只是为了社会形象没有领离婚证。在我上小学六年级时的一个下午，他们突然带我去了游乐园和海洋馆，然后告诉我，他们已经正式离婚了，那天我没有哭，只是很蒙，他们觉得我接受得很快，所以也没有哄我。

"几天之后，我还没有完全缓过来，然后就因为精神压力太大，没有休息好，在体育课上晕倒了。醒来后我一个人躺在校医院的病床上，校医告诉我，我下个星期要代表学校去参加全国英语口语比赛，让我快通知我的爸爸妈妈，告诉他们这个好消息。

"那一刻，我才突然开始难过，因为我打不出这个电话，他们不会为我高兴的，他们都有自己的事情要做。

"后来，我在家里休息了几天，班级里的一个同学来看我，他算是班级里唯一能和我说说话的人。他看我的状态不好，就对我说'涂言，你有什么心事都可以和我分享，不要憋着'。

"我本来是不想说的，但那天我实在是太难过了，就把我父母离婚还有他们都不关心我的事一股脑儿地全哭着说出来了。他临走的时候向我保证不会说出去，结果第二天我回学校之后才知道，我父母离婚的事情已经是无人不知了，甚至多了几个版本，最离谱的版本说我是我爸和第三者生的。这件事给我爸妈造成了不小的负面影响，他们把我骂了一通，让我不要再把家里的事告诉别人。

"后来……你看到了，我长成了现在这副样子，不好也不坏，也没有什么极端人格。"

顾沉白的脚步顿了顿，他转身朝涂言笑道："还是一个有几千万粉丝的大明星。"

涂言咧了咧嘴角，干巴巴地说："讲完了。"

顾沉白良久没有说话。

涂言有些不安地咽了咽口水，手心开始出汗，说："顾沉白，我其实没那么可怜，我……"

"如果我能早一点儿遇到你就好了，"顾沉白停下来，转身看着涂言认真地说，"我一定会把你偷回家，当弟弟养着。"

涂言松了一口气，难掩笑意地"啧"了一声，说："傻瓜,你真幼稚。"

顾沉白握住涂言的手,说:"言言,我知道让你把过去的事都忘了是不可能的事,但是我希望你在跟我讲完之后,就把这些事存放在我这里,我希望你的痛苦在我这里终结。"

涂言默然,盯着顾沉白的眼睛,没有说好,也没有说不好,只是跟在顾沉白的身边默不作声地往前走。

路过一家文具店的时候,他突然停住,让顾沉白站着别动,自己转身跑进去,几分钟后又拎着个小袋子出来。

顾沉白问他买了什么,他不说,只是催着顾沉白回家。

顾沉白去厨房准备午餐,余光瞥见涂言盘着腿坐在客厅的地毯上,手里拿着笔,伏在茶几上,不知道在写些什么。

等到吃完饭,顾沉白收拾好碗筷要去洗的时候,涂言把他拦住,别别扭扭地塞了一个小信封到他的口袋里,然后夺过他手里的碗筷,飞快地说:"今天我来洗碗。"说完就跑进厨房,还关上了门。

顾沉白看着紧闭的门,一头雾水地把口袋里的小信封拿了出来。

米白色的信封,巴掌大,像小孩子才会买的东西。

顾沉白把信纸抽出来,翻到正面,看见了两行漂亮的字:

"顾沉白,你不是我痛苦的开端,你是我美好日子的源头。"

右下角写着"言言"。

顾沉白一推开厨房门，就看到站在水池边上的人猛地抖了抖，头都快埋到胸口了。顾沉白笑了笑，走过去说："谢谢言言。"

"哎，你离我远一点儿！水都溅到我身上了。"

"我不要。"

"顾沉白，你烦死了。"

顾沉白在涂言的耳边低笑，笑得涂言有些气恼。

二人和好之后，顾沉白问涂言："当初为什么一声不吭地把药停了，还非要离开顾家？"

涂言怔了怔，当初……

他时常想，人生的好与坏都是守恒的。比如顾沉白是一个家庭和睦的天之骄子，就要在十几岁时落下腿疾；比如自己有着衣食无忧的出身，就要承受没有感情联系的原生家庭。

为什么他非要离开顾家？

他还记得那天鸣市下了今年的第一场雪，华晟年底事情多，顾沉白常常需要加班，涂言在家待得无聊，偶尔也会去顾沉白的办公室里待上一会儿。

当然他是避着人的，还要避着顾朝骋。

但那天涂言很倒霉，不仅没避开顾朝骋，还碰上了自己最不想见的人——涂飞宏。

涂飞宏刚在顾朝骋那里碰了一鼻子灰，准备去向顾沉白求助，一推开办公室的门，就瞧见涂言躺在沙发上，跷着腿一派悠闲的样子。涂飞宏眼前一亮，心中大喜，暗想这次事情有希望了。

涂言看见涂飞宏的一瞬间，便愣在原处，缓缓坐直身体，脸色也冷了下来。涂飞宏视若无睹地走上去，亲亲热热地搭着涂言的肩头，询问他近况。

顾沉白放下手头的事情，走过去，倒了一杯茶给涂飞宏，问："涂总，什么事？"

涂言偏过脸，不耐烦地玩起了手机。

"没有什么大事，"涂飞宏笑着坐下，解开西装外套的扣子，"老城区不是要改建吗？我想拿下那边的回迁房项目，但是你也知道，我公司现在的钱全都扑在之前停掉的工程上了，实在是……"

涂言听得气血上涌，转头诧然地问道："你还好意思跟他借钱？"

涂飞宏连忙摆手道："不是，言言，你不懂，这是公司和公司之间常有的往来，不是你想的那样。"

顾朝骋正好走进来，听到涂飞宏的话，讥笑道："常来是挺常来的，怎么没见常往啊？"

涂飞宏被驳了面子，讪笑道："大家现在关系这么近，就不要计较了嘛。"

涂言冷眼看着涂飞宏，就像半年前顾家人看着他一样，真是可笑。那种久久折磨他自尊的耻辱感重新席卷上来，让他攥紧了拳头，指甲生生陷进肉里。顾沉白倾身过来，不动声色地拍拍他的手，让他放轻松，但被涂言挥开了。

涂言起身，对着涂飞宏一字一顿地说："我这个月月底就会离开顾家，到时候我和他就没有半点儿关系了，你也没有机会再打着我的名义跟他借钱了。"

涂飞宏傻眼了，结巴道："什……什么？"

顾朝骋也难以置信道："离开顾家？沉白，你也同意了？"

顾沉白点了一下头。

涂飞宏气急败坏地问涂言："你好好的走什么走？沉白帮了咱家这么多，你不感激他？他还要人照顾呢。"

涂言想都没想，脱口而出道："不感激，我和他协议都签好了，月底就结束雇佣关系，本来这件事就很荒唐，早结束早解脱。"

涂言知道，这话若是单独对涂飞宏说，他可能不信，还要再纠缠一番。可是自己当着顾沉白的面对涂飞宏说，况且顾沉白还点了头，那就是一点儿转圜的余地都没有了，涂飞宏不信也得信了。

涂飞宏失魂落魄地离开办公室后，顾朝骋也离开了，临走前还厌恶地看了涂言一眼，涂言这次没有反击。

因为他看到顾沉白坐在沙发上，表情淡淡的，但眼底盛着失落之色。

他朝顾沉白走过去,顾沉白把他拉到沙发上坐着,开口还是关心的话:"手疼不疼?"

"顾沉白……"

涂言的鼻头一酸,险些掉下泪来,他说:"我受不了我爸这样,你帮他一次,他就会一直赖着你的。"

不等顾沉白说话,涂言又抢先说道:"你什么都不要说,就当是我求你了。"

涂言甚至不敢看顾沉白的眼睛,生怕多看一眼,就要收回刚刚的话,若无其事地继续当顾沉白的护工,任由他的父亲像血吸虫一样巴着华晟,让顾沉白为难,让别人看笑话。可他脆弱的自尊心不允许他忍受这一切,他需要尽快恢复工作,要赚钱。他不想欠任何人的,他要不带任何负担地、干干净净地重新站到顾沉白的面前。

尽管他知道,他已经欠顾沉白太多东西了。

他想起了顾沉白让他思考的两个问题。

第一个问题是"你是否找到了你人生中的乐趣";第二个问题是"你的人生是否给别人带来了乐趣"。第一个问题他已经有了答案,那就是演戏,他喜欢演戏,喜欢在镜头前扮演不同的角色,体会不同的人生。至于第二个问题,他正在寻找答案。

在当护工的时间所剩不多时,涂言确实动过解除协议的念头,不止一次。

离开顾家的三天前,是顾沉白的爷爷的八十大寿,涂言陪顾沉白去参加宴席。因为他和顾沉白的雇佣关系并没有对外公开,所以他仅仅是去献了一份寿礼,没有留下吃饭。正准备离开的时候,他听见顾父、顾母在隔间里聊天。

"老公,我们不该安排这个涂言来照顾沉白的,当时沉白就不同意,我还以为沉白是为他的腿感到自卑,又不想他有遗憾,就自作主张地让涂飞宏把涂言送来了,现在想想真是后悔。"

顾父也叹气道:"是啊,涂言这孩子脾气太古怪了,也不会照顾人,好几次我都看到他对沉白呼来唤去的,他根本就不在乎沉白的腿伤。"

"我实在是心疼,现在也不好提辞退的事,沉白身边没有一个能照顾他的人,我怎么放心哪……"

顾母虽然没有说,但涂言能听出来她的弦外之音,他们不满意他这个护工,想让顾沉白换个人。

涂言原本摇摆不定的心终于定了下来。

是呀,他何必把错误全怪在那张薄薄的任职协议上?也许最大的错误是他自己。

涂言这样想着,倒也释然了些,只是心头像被针尖刺了一下,痛得他鼻头发酸,眼泪夺眶而出。他绕到卫生间去,捧了把冷水浇脸。

他在镜子里看到自己通红的双眼，脆弱可怜得让他自己都瞧不起。

旁边有人停下，好像是认出了涂言，正探着脑袋去看涂言的正脸。涂言隐藏起所有情绪，大大方方地朝后面的人微笑。路人惊喜地拿起手机，问能不能合影。涂言点头同意。

拍完照，路人离开，涂言敛起笑容，一转身，就看到顾沉白拄着手杖站在他的身后。

涂言低下头，没有说话。

顾沉白走过来，问："怎么了？"

他总是能注意到涂言细微的情绪变化。

涂言摇头说道："我先回家了。"

顾沉白把他拉住，说："你一个人回家，我不放心，等宴会结束，我们一起回去，好不好？"

涂言还没说话，顾沉白又哄道："我给你'偷'了一份儿童餐，里面有你喜欢的炸鸡和蛋糕，我陪着你吃，好不好？"

顾沉白指了一下楼上，像哄小孩儿一样轻声细语。

"顾沉白，我不至于连去餐厅点餐吃饭都不会，而且，我上学的时候都是一个人在食堂里吃饭的，不会觉得孤单。"

顾沉白笑了笑，说："我知道。"

涂言抬头看他，他们都从彼此的眼睛里看到了一种复杂的情绪，临近分别，这种情绪几乎每时每刻充斥在他们之间，挥之不去。

"算了，算了，"涂言举手投降，不耐烦地说道，"我在这里等你，你好好地去陪你爷爷吧。"

顾沉白在楼上开了一间房间，拿来的可不是儿童餐，而几乎是专门为涂言点了一桌的菜。

涂言呆住了，说："你这也太浪费了。"

"我怕他家的菜不合你的口味，就多点了几样，你慢慢吃。"

顾沉白嘴里说着"要走"，但还是坐到涂言的身边，说："言言，累了就先睡一会儿，等我回来。"

涂言吃了半块炸鸡翅，然后心不在焉地点点头，把顾沉白轰走了。

等顾沉白陪顾老爷子过完生日，上来找涂言时，涂言正倚在床头看自己的处女作电影。顾沉白把手杖放在柜边，说道："言言，我喝醉了，头好疼。"

涂言"哼"了一声，没理他。

"好狠心的言言。"

涂言盯着电视屏幕，突然问顾沉白："这部片子里你最喜欢哪个镜头？"

"我都喜欢。"

"可我演得不好。"

"是很青涩，但很灵动。"

涂言并不相信他的话，说："有人说我只有脸好看，却毫无演技。"

"说你的脸不好看是假的，可是等我更多地了解你之后，我发现，你的脸比起你的性格、你对演戏的认真态度、你的忠于原则，就连和你的小脾气比起来，都是不值一提的。"

他的性格……除了顾沉白，谁会夸他的性格好？

顾沉白缓缓地对他说："言言，你不要有太多负担，也不要对我有什么愧疚感，在护工这件事上，我也有错，如果当时我能不那么自私，阻止我父母这个荒唐的决定，也不会害你丢下手里的工作，被逼着给我做护工。"

顾沉白还觉得自己自私，涂言在心里发笑。

"我想让你得到幸福，让你在被人友善地对待过之后，能重新相信爱，重新拾起对生活的热情，不会再拒人于千里之外，这是我最希望的。"

涂言看着前面的银白色墙纸，很长时间说不出话来。

直到眼睛酸了，他才后知后觉地眨了眨眼睛。

涂言重新开始服药了。

草酸艾司西酞普兰片、盐酸舍曲林片、劳拉西泮片……每天他要吃的药丸加起来是一盒的量。但在顾沉白的监督下，他不敢不吃。

因为吃药后不能太过劳累，所以涂言和之前的剧组在沟通后解了约,又为了防止曝光度太低,他在仔细的挑选下接了一档为时两天的真人秀节目,就是嘉宾们住在一起聊聊天、做做菜,没什么剧烈运动。

那档真人秀节目叫《新星美食家》,就是一群人住在一栋两层的别墅里,然后按每期的主题制作美食。

涂言原本对这种节目没什么兴趣,一是他性子淡漠,处理不好人际关系;二是他没什么幽默感,总是冷场,所以至今上过的真人秀节目一只手都数得过来。

这次他不想上也没有办法,剧组是去不了了,但他刚复出没多久,也不能又无缘无故地销声匿迹,只能上真人秀节目尽量维持住话题度。

涂言想要复出,重新回到他之前的状态。

顾沉白把他送到机场时,涂言还有点儿紧张,但他没有表现出来。他戴上墨镜,嘴角一沉,又变回了那个不食人间烟火的大明星。

助理发来消息,说她在机场入口处的右边等他。

顾沉白让司机把车停在人少的地方,傍晚时分,车厢里光影交错,很安静,只有顾沉白在涂言耳边的低语声:"不要乱吃冷饮,多吃蔬菜……"

"知道,知道。"

"晚上能不能空出时间来,和我视频?"

涂言抿了抿嘴唇,轻飘飘地"嗯"了一声。

顾沉白眼里含着笑意,把涂言用作伪装的墨镜摘下来,逗他:"大明星都是这么酷的吗?"

"你还要干吗呀?"涂言抱怨道,又不自然地偏了偏头,在阴影处对着车窗舔了一下嘴唇。

"照顾好自己,知不知道?"

"就两天而已,我很快就回来了。"

顾沉白轻笑道:"嗯,我在家等你。"

"顾沉白,后天有雨,你别出门乱跑。"

涂言说完之后,就戴上墨镜和口罩,慌乱地推开车门走了出去。

飞机在三个小时之后降落,他的行程不知何时暴露了,刚下飞机,就有一群粉丝围上来,周围满是闪光灯,涂言下意识地低下了头,尽可能地避开那些对着脸拍的摄像机。

到了节目的拍摄基地,主场嘉宾里有一位叫陈锴的主持人,和涂言算是熟人,涂言便被他带着和其他的嘉宾一一打了招呼。嘉宾大多是刚出道的艺人,和涂言的年纪差不太多,但毕竟不是一路人,再加上涂言性子冷,又算是半个前辈,一时间没人敢上前和涂言搭话。

涂言就默默地拿起桌上的水果去洗,正洗着,陈锴领着一个高高瘦瘦的男孩儿走过来。陈锴先凑到涂言的身边,低声说:"小言,这个是我们公司刚出道的孩子,想麻烦你帮着带带他，给他点儿镜头。"

话虽简单，但涂言一听便知何意，就是想蹭他的热度。

涂言摇了摇头，说："合同里没这一项。"

陈锴被驳了面子，讪讪道："我跟你交个底吧，这是我的远房亲戚，你就当是我的私人请求好吗？也不要你多劳心，你跟他多说说话就好，这小孩儿有点儿愣头愣脑的，不会表现。"

涂言的脸色没变，只是眼神有些冷，他淡淡地说道："锴哥，不是我不想帮你，只是我也爱莫能助，我在综艺里的表现一直很差。"

陈锴被噎得没话说。他知道涂言有后台，却不想涂言竟狂妄到这个地步，见涂言一点儿情面都不给他，便恼火地走了。

可惜他身后的小艺人没看清形势，还以为陈锴已经帮自己拉上了关系，直接走上前打招呼："涂老师，你好，我叫许家桉。"

许家桉又说自己是某某乐团的成员、什么时候出道的、马上要去哪里开演唱会，言语间和涂言好似认识许久的老友一般熟稔，旁边的几个人频频看过来，眼神里夹杂着羡慕和不屑之意。

涂言边洗水果边沉默地听着，没有搭话。

"对了，涂老师，你之前消失半年是去哪儿了？"

涂言把洗好的水果放进干净的盘子里，然后抽了一张纸巾擦手，抬了抬眼皮，随意地答道："去治了个病。"

许家桉惊得半天没动弹，再转头时只看到涂言的背影，这才意识到涂言根本没想和他亲近。

等到正式的做饭镜头开拍前，导演请上来一位高级营养师，按照剧本，这位营养师会根据每一位嘉宾的身体状况来制订相应的食谱，然后每个嘉宾会通过做游戏，尽量多地争取到所需的食材。

营养师看起来年纪不大，二十三四岁的样子，相貌美艳，是一位女性。她一出场，就引得四周哗然。她很淡定地做了一下自我介绍，说她叫阮南轻，然后又讲了一串很唬人的头衔，最后还很官方地来了一句"希望能够帮大家找到最适合自己的饮食方式"，说完之后便微笑着走到涂言的身边。

涂言帮她拉开椅子，也冲她笑了笑。

"你是涂言吧？"阮南轻坐下之后，突然压低了声音问道。

涂言点了一下头，正疑惑这位营养师的名字怎么有些耳熟时，就听见阮南轻说："我是顾沉白的朋友。"

涂言愣了愣，这才想起来这位营养师便是顾沉白嘴里的那位"HT 集团的三小姐"。

阮南轻冲他笑道："怎么，他和你提过我？"

涂言不咸不淡地说："提过，他还说要请你吃饭。"

阮南轻掩嘴偷笑道："他是要请我吃饭，我免费给你制订了一整年的饮食计划，他怕你吃抗抑郁的药导致代谢减慢，身材走形，特意嘱咐我制订计划时要详细到一日三餐，这么周到的服务还换不来他的一顿饭？哦，不是，应该是你们两个一起请我。"

涂言莞尔致意："那是一定要请的。"

拍到下午的时候，到了中场休息时间。

阮南轻走过去，递了一杯蔬菜汁给涂言，说："顾沉白说你不爱吃蔬菜，我特地给你选了几种味道不讨人厌的蔬菜，喝起来应该不错。"

"谢谢。"涂言双手接过蔬菜汁。

不知为何，阮南轻一出现，他立刻觉得气氛轻松许多，大概是听到了某人的名字。

"他现在在做什么？"

涂言愣了愣，说："顾沉白吗？就是忙公司的事情吧。"

阮南轻戏谑地望向他，说道："忙你的事情比较多吧？"

涂言没有立即回答，反问道："你知道我给他做护工的事？"

"护工？什么护工，他就说你借住在他家。"

"哦。"

"我们一直开玩笑说他终于和偶像近距离接触了。他一开始连我们这群死党都瞒着，后来还是我们发现了你，主动问他，他才说的。但他怕我们有人说漏嘴，影响你的事业，逼着我们一个个发毒誓，就差没让我们写保证书了。"

涂言觉得新鲜，阮南轻嘴里的顾沉白好像和他看到的顾沉白不太一样。他踌躇了片刻，又问："顾沉白以前……是什么样的？"

阮南轻歪着头想了想，说道："很张扬，意气风发，爱玩，但有原则和底线，有很多小跟班的那种。"

涂言听得怔了怔。

"你知道他哥吧，就是顾朝骋。他哥以前就成天板着张脸，性格古怪，超级不合群。顾沉白那个时候去哪里都把他哥带着，陪着他哥，不许别人欺负他哥。"

阮南轻撩了一下耳边的头发，回忆道："顾沉白真的是我十几岁时见过的少年里最亮眼的一个，就连缺点都是闪着光的，谁能想到会突如其来一场车祸……他的腿受伤之后，他就好像一夜之间变成了一个很成熟的大人，不爱笑也不爱闹了，过了好几年才慢慢地找回来一点儿原来的样子。"

见涂言没说话，阮南轻推了一下涂言的手臂，问："怎么了？"

"没什么。"

"你果然和他说的一样。"阮南轻笑道。

"嗯？"

"你从来不肯把心里的话说出口。"阮南轻用手指理了理头发，然后笑吟吟地看着涂言。

109

涂言也不恼，倒生出些坦然来，望着手里的蔬菜汁，轻声说："我只是有点儿遗憾，没能参与他的青春。"

"其实不用遗憾，你现在遇见的他，也是最好的。"

两个人正说着，副导演走过来，通知继续拍摄。

嘉宾们已经做好了简单的餐后甜点，正围成一圈聊天。

这次的话题是"情感"。

陈锴看了一眼台本，先念了遍广告词，然后活跃起气氛来。嘉宾们轮流说了起来。

有些人不敢说太多，只避重就轻地讲了一下自己学生时代的事；有喜欢炒气氛的艺人主动聊起了自己曾经的暗恋经历，说自己大学的时候暗恋学长，甚至为了学长报名不感兴趣的社团，选了不喜欢的课，但那段时间是她最快乐的时光。主持人趁机问大家有没有暗恋的经历，在场的大部分人连忙说自己没有过暗恋经历，旁边人哄笑，他们为维持清纯的"人设"，也只能涨红着脸说确实没有。

众人已经完全玩开了，等轮到涂言时，周围人又暗叫不好。

他们猜，涂言肯定会撂下一句"没有"，然后又摆出一张臭脸。

可没想到，涂言安静了几秒之后，竟然很认真地开口说："我没有过大家那么精彩的经历，但有过一段很快乐的时光。"

众人屏息，互相交换着八卦的眼神。许家桉挑了一下眉，嗤笑了一声。

陈锴凭着主持人的专业素养，迅速接过话头，问道："哦？有点儿好奇呢。"

"我本来以为那会是我最糟糕、最痛苦的一段时间，结果没想到成了我的解药。"

"天哪，好高的评价，小言可以给我们讲讲这个'解药'是什么意思吗？"

涂言一只手搭在桌上，把玩着木筷，语出惊人道："他救了我。"

"这……这……这是什么意思？"

"我的天……"

涂言的话一出口，全场的人都愣住了，迅速联想到涂言在医院被拍到的新闻。

"我以前脾气很不好，可能在很多关于我的新闻里都能初见端倪，我的情绪总是不受控制，我很容易被周围的一切事物影响，拍戏加重了我的痛苦，我其实能感觉到自己的心理出了问题，但我一直拒绝去做心理治疗，不觉得谁能够对我感同身受或者帮到我，直到我遇见了那个人。"

阮南轻愣住了。

"他看起来很脆弱，实则比谁都坚强，教会我怎么做饭、怎么种花、怎么摄影、怎么积极地面对生活。

"我十几岁就进入了演艺圈，之前和父母的关系也不好，所以我总是离群索居，和谁都亲近不起来，直到他跟我说'我们能做朋友吗'。

"我想，可以试一试。

"他陪着我去看医生、去做心理治疗，我们一起运动、一起散步。

"我原本以为那半年会很难熬，结果却成了我最珍贵的一段回忆。"

嘉宾们都听得动容，一时不知如何应对。

导演走上去，按着涂言的肩膀，俯身问他："小言，做心理咨询什么的毕竟涉及你的个人隐私，播出去了可是大新闻哪，你可能要受到很多非议，可得想清楚后果。"

涂言回以微笑，然后对导演说："我无所谓，你们想剪就剪，想留就留。"

导演语塞，心想：好家伙，下个月的热搜话题都不用操心了。

节目继续拍摄，接近傍晚时分，阮南轻帮忙做好最后一顿晚餐就要离开。她拍完自己的镜头，踱到涂言的身边，抱怨道："当明星真累呀，时时刻刻得端着，对着那么多的摄像机，想不装都难。"

涂言笑了笑，问："你为什么要来？"

"因为好玩哪，我喜欢尝试各种新鲜事物，我爸想让我规规矩矩地接管家族企业，我偏不让他如意。"

"好吧，"涂言点了点头，片刻后又补充道，"但当明星可能不是一个好选择。"

"我也觉得，当明星其实是最没意思的事。对了，我看他们一个个都在偷偷地议论你，是不是你说出了你和顾沉白的事会给你带来什么不好的影响啊？"

涂言没否认，说："应该吧。"

"什么影响？"

"我变得不再完美，比如我有严重的心理问题，甚至到了要去看医生的程度。"

"这有什么大不了的，会有什么样的后果？"

"粉丝集体脱粉、品牌合作方解约、片约减少……大概就这些。"

阮南轻不懂娱乐圈的事，只觉得听起来很严重，双手环胸想了半天，然后凑过来，很认真地问："那你为什么要讲出来？"

涂言蓦然笑了，答道："因为顾沉白说了，这没什么大不了的。"

阮南轻拍了拍涂言的肩膀，宽慰道："是呀，没什么大不了的，没有人是完美的，只要越来越好，让自己满意就可以了。"

涂言听了愣了愣，朝后望了望，正好对上一个年轻艺人探究的眼神。那人见涂言转头，立刻看向别处。

　　涂言和他们玩不到一处去还有一个原因，那就是他们都觉得涂言是靠运气和漂亮脸蛋儿才有今天的成绩的，所以他们对涂言心怀忌妒，而涂言又不善解释。

　　不了解涂言的人，只知道他二十岁被大导演选中，演了《夏日少年》，小火了一把，算是在演艺圈站稳了脚跟，然后连着拍了一些戏，戏份不多，只当是积累经验。去年他还拿了人生中第一座含金量很高的"最佳新人奖"，又获得了"最佳男主角"的提名，粉丝数量翻了一番，事业正值顶峰。

　　所有人都说他顺风顺水，只有涂言自己知道其中的酸楚。但他以前没觉得自己辛苦，也没想过借他父亲的势，花钱给自己铺路。

　　他每一步都是自己咬着牙走过来的。

　　可惜别人不信。

　　不信就不信吧，涂言不在乎，只要那个人相信就够了。

　　"我之前一直不懂为什么顾沉白会看中你，当然，那个时候我对你了解不多，只知道你很'高冷'，和那些讨好卖乖的小明星不同。我当时觉得好奇怪，顾沉白怎么会想和这种性格的人做朋友呢？"

　　涂言生出些紧张情绪来，手不自觉地攥了一下衣角。

　　"现在我知道了，"阮南轻将双手合在一起，感叹道，"其实你的内心没有外表这么'高冷'对吧？你还是很依赖顾沉白的。

"顾沉白受伤之后,我们觉得好可惜,都很同情他。但他是一个很骄傲的人,不希望别人觉得他是个一无是处的废人,甚至都不觉得自己是残疾人,只是他的父母还有我们这群朋友当时都用错了方法,只顾着一味地关心他、鼓励他,却忘了一件很重要的事——他根本不需要同情,他需要的是我们用平常的眼光看待他。

"可能只有你做到了,你对他的依赖在一定程度上满足了他那种渴求被人需要的心理。"

涂言听得入了神,一时竟忘了自己身在何处,眼前的一切全都化成了虚无,他在虚无空间中找不到驻足点,正要惊慌得大喊时,一个人拄着黑金色手杖缓缓地走过来,他的世界一下子就平静了。那人的轮廓渐渐清晰,他抬眸望向涂言时笑了笑,四周就迎来春天,开出漫山遍野的花来。

晚上,涂言好不容易结束第一天的拍摄工作,确认房间里的所有摄像头都被关闭之后,才躺到床上,捧起手机。

顾沉白还没给他发来视频邀请,涂言有些不开心。

他的手指就悬在屏幕上方,犹豫了十分钟,他都没点下去。

"顾沉白是不是忘了?"

涂言嘟囔了一句,正要气恼地甩开手机时,手机突然响起了视频邀请的铃声。

涂言的手比脑子快，按下了接听键。

"言言，你是不是在等我打视频通话给你？"

涂言"哼"了一声，说："我都要睡了。"

和顾沉白聊了几句后，涂言就放下手机睡觉了。

涂言是被一阵急促的电话铃声吵醒的。他烦躁地从梦里挣扎着起来，睡眼惺忪，伸长了胳膊拿起手机，才发现原来是经纪人打来的电话。

"喂——"

"小言，你患上抑郁症的词条上热搜榜了！"

涂言倏然清醒。经纪人在那头飞快地说："你昨天在节目里说自己有严重抑郁症的事情被人拍下来了，那个人没经过节目组同意就把恶意剪辑过的视频发到了网上，现在全网都在讨论你的事。"

涂言听着听着就慢慢地冷静下来了，问："现在的情况怎么样？"

经纪人顿了顿，为难地说道："有两个品牌方可能要解约。"

涂言的内心波澜无惊，他甚至觉得有些可笑。

"祁贺的经纪人刚刚给我打电话，跟我说怕祁贺被你拖累，要提前解绑……天哪！粉丝人数又少了五万多！"

涂言听到电话那头的声音跟打仗似的，不免对自己的冲动行为有些愧疚。

"我现在就怕华晟会和你解约，这么大的代言品牌可不能丢。"

"不会的。"

"嗯？怎么不会？现在这些品牌方都是只看微博数据来判断你的商业价值的。"

涂言刚要说话，经纪人就打断了他："你先录你的节目，我往你那边赶了，有什么事等我到那边再说。"

涂言很快就猜出了是谁搞的鬼。

肯定不是节目组。如果他讲述自己的抑郁症经历的片段如期播出，节目组一定能借势获得最大的话题量和关注度，高兴还来不及，所以节目组没有必要做这种损人不利己的事。

因此问题只可能出在嘉宾上，嘉宾虽然不止一个，但谁对他的敌意最大，谁就一定是那个偷偷曝光此事的人。

涂言并不工于心计，猜到了背后之人，也敢肯定，便直接去找许家桉了。

许家桉此时正坐在化妆间里等着化妆师，抬头看见涂言来了，神色立刻变得不自然起来，起身打招呼："涂……涂老师。"

"不用喊老师，我比你大不了几岁。"

许家桉不解其意，硬着头皮搭腔："但您是前辈。"

"前辈也算不上，我入行还不到四年，"涂言拖了一张椅子坐下，从化妆镜里看着许家桉，漠然问道，"怎么，你很羡慕我？"

"没有……"

"那就是忌妒我了？"

许家桉涨红了脸问道："你什么意思？"

涂言置若罔闻，冷声说道："不羡慕也不忌妒，那你为什么要害我？"

"我什么时候害你了？你不要血口喷人。"

涂言站起来，朝许家桉走过去，说："昨天陈锴想要帮你和我拉上关系，我没有答应，这事让你很丢脸，可能还被周围人笑话了，所以你怀恨在心，偷了摄影组的素材发到网上，还找了人大面积地黑我，我没有说错吧？"

许家桉的瞳孔骤然放大，他强行镇定下来，压低声音说道："你有什么证据？"

"我迟早会找到证据的，比如监控。"

许家桉似乎松了一口气，笑容渐深，说："看来您还没有证据。"

涂言突然冲上去揪住了许家桉的领子，猛地把他按在化妆镜上。梳妆台上的东西散落了一地，涂言狠戾地说道："你别得意，今天我遭受到的一切，改天一定加倍奉还给你。"

"涂老师，您做得到吗？您现在已经是过街老鼠，人人喊打了。"

"为了黑我,特意雇人造谣有女粉丝因我自杀,你够狠,我和你究竟有多大的仇?"

"是你先看不起人的!"许家桉使了力气把涂言推开,"你凭什么看不起我?别以为我不知道你是靠什么走到今天的。"

涂言一拳砸在许家桉的鼻梁上,还要冲上去的时候,门被人打开,化妆师和节目组的工作人员见状,立刻涌进来,把二人分开。许家桉被打得流了鼻血,仰着头敷湿纸巾。面对其他人的询问,他怕涂言说漏嘴,便状若无事地摆了摆手,只说是闹着玩的。

经纪人到的时候,涂言正坐在自己的化妆间里,任造型师给他喷发胶。

"你怎么跟许家桉打了一架?他最近还挺火的,可别又被人拍下来发到网上,我现在怀疑这个节目组里有人想害你。"经纪人焦头烂额,握着手机紧张地说道,"我现在生怕接到华晟的电话,万一他们跟你解约,那就真的麻烦了。"

涂言顿了顿,一时不知道该如何解释。

就在这时,门被人敲响,工作人员探头进来,对涂言说:"涂老师,华晟的顾总找您。"

经纪人被吓得魂儿都快没了,惊道:"说曹操曹操到,完了,真的完了。"

涂言无奈地按住经纪人的肩膀,说:"你放心,我说不会就不会的。"

经纪人把他拉住，劝道："小言，你可别冲动啊！和品牌方一定要好好说话。"

涂言开门走出去，就看到顾沉白坐在会客室里的长形沙发的正中央，导演、副导演还有监制围成一圈，正哈着腰十分热络地跟他说话。

二人好似有心灵感应，涂言刚走到门口，顾沉白便抬起头来，远远地朝涂言微笑。

涂言走过去，导演主动起身给他让开道。

"那个人叫什么名字？"

顾沉白没头没尾地问了一句，可涂言偏偏听懂了，回答道："许家桉。"

顾沉白敛起脸上的笑意，转头望向导演，说："您知道该怎么做。"

他的语气很淡，声调也没什么起伏，却给人一种不可忤逆的压迫感。

导演讪笑着说："知道，知道。"

PRODUCTION 夏日少年
SCENE A001
SCENE 3
TAKE 11

第五章　　　　回家

许家桉此时正在拍摄他的单人宣传图，对即将发生的事情一无所知，还是陈锴急匆匆地赶过去，二话没说把他拉到没有人的地方，横眉竖眼地把他骂了个狗血淋头。

"涂言的视频真的是你泄露出去的？你不想活了是不是？"

许家桉生怕被周围的人听见，连忙朝陈锴使眼色，说："你的声音小一点儿行不行？要是被人听见，我就完了。"

"你已经完了，"陈锴冷笑，手习惯性地去拿烟，摸到裤边又忍住了，叹了一口气，告诉许家桉，"华晟的顾总来了。"

"谁？"

"华晟集团的顾沉白。"

许家桉还没有反应过来，陈锴斜睨了他一眼，说："顾二少。"

许家桉的瞳孔猝然放大，整个人都僵住了，他难以置信地说道："他不是……不是……他来做什么？"

"做什么？当然是来处置你，你把涂言害成这个样子，人家能不来找你算账？这样，你先跟我过去，向涂言道个歉，然后主动承认错误，再想办法把昨晚那事压下去。"

"我不去。"

许家桉是陈锴的表弟，仗着有一副好皮囊，从出道起就没费多大的劲儿，加上还没到二十岁，正是年轻气盛、不知天高地厚的时候，一听陈锴的话，脸色突变，甩开陈锴的手就要往回走。

陈锴把他扯住，火冒三丈，说："你是真傻还是假傻？还拍什么拍呀！你知不知道节目组已经要和你解约了？顾总这次亲自过来，意味着什么？意味着你从今以后都别想在娱乐圈里混了！"

许家桉这才意识到问题的严重性，吓得脸色煞白。

"涂言和顾二少交情不错，"陈锴无奈地摇了摇头，懒得再管许家桉的糟心事，"你收起你那些无聊的小算盘吧，顾家已经出手了，你已经没有活路可以走了。"

许家桉整个人像被抽走了魂儿，陈锴说什么话他都听不见了。等再回过神来，他已经被陈锴拽到顾沉白所在的会客室门口了。他们正准备敲门，就见门开了，从里面走出来一个秘书模样的人，那人面无表情地说道："不好意思，顾总在休息，不想被人打扰。"

许家桉从半开的门里看到涂言正坐在沙发上玩手机，涂言的身边坐着一个身形修长的男人，五官英俊，气质卓然，腿边摆着一根精致的黑金色手杖。那人正侧着脸倾身同涂言说话，涂言似是没答，那人也不恼。

就在秘书说完话，即将把门关上时，许家桉看到那个男人抬起头，眉间的温和之色化作冷意，冰冷的眼神遥遥地朝自己望过来，只一眼，许家桉便如坠寒潭。

许家桉突然就明白了陈锴那句"顾家已经出手了，你已经没有活路可以走了"是什么意思。

当场记跑去告诉导演"华晟的顾总在门口"时，导演也很蒙。

当听到顾沉白淡定地说出"我是涂言的朋友"时，导演的笑容瞬间凝滞在嘴边。

当顾沉白的秘书把整理好的材料摆到导演面前，告诉他"经查证，昨天泄密的事是你的节目组里的人干的，顾总很生气，你自己掂量后果"时，导演整个人都不好了。

他把这个消息告诉了副导演，副导演告诉了监制，监制又告诉了陈锴，几个人大眼瞪小眼，面面相觑。导演掐了烟头，无奈地说道："我以前只知道涂言他爸有钱，谁承想他的朋友更有钱，你说这样的人为什么要来逐梦演艺圈呢？"

陈锴是最为难的一个，望着导演，瑟瑟发抖地说："那小桉……"

"让他滚吧，他不滚，我就得滚了。"

导演在三年前给华晟拍过企业宣传纪录片，对顾家的几位有过了解。他知道顾家老爷子的身体不好，早早就退居二线了；顾朝骋虽是顾家名义上的一把手，但万事都需由这位不露面的顾二少过目。外人皆知顾朝骋是商界的"冷面罗刹"，殊不知得罪他都不能得罪顾沉白。

虽然顾沉白看上去温文尔雅，举止也很低调，几乎不露面，但和他接触过的人都知道他的厉害之处。顾沉白向来不打无准备的仗，只要开了口，便是有十足的把握。

所以当导演看到秘书递来的材料后面附着的是《新星美食家》的收视率报告时，他就懂顾沉白的意思了。

这事不解决，节目就别播了。

于是他毕恭毕敬地从会客室里退出来，转身就拨通了涂言所属的经纪公司的电话，商议如何压下现在网络上所有不实舆论。

经纪人经历了几次风浪，虽不至于焦头烂额，但依然有些紧张，特别是听说华晟集团的掌权人亲临拍摄地的时候，她简直吓得不知所措。

涂言看上去倒是一派安逸的样子，好像网上的腥风血雨和他无关。

经纪人连忙给公司负责人打电话，结果负责人告诉她："华晟的老板说，事情由他们来解决。"

"啊？怎么又是这样？"

"华晟那边说，涂先生是他们顾总最好的朋友。"

"什么？！"经纪人听了这话之后，依然难以置信，冲进休息间问涂言，激动到说话都卡壳，"顾……顾沉白就是你的好友？"

涂言点了点头。

经纪人终于明白为什么涂言一点儿都不担心华晟广告代言的事情了。

好家伙，原来那是自己人。

经纪人听完事情的来龙去脉之后还觉得云里雾里，一直到坐上顾沉白的车回酒店的路上都没缓过来。

顾沉白和涂言坐在后排座位上，顾沉白看了一眼前排的经纪人，主动说："不好意思，是我们没有提前告诉你。"

经纪人连忙摆手说道："没事，没事，这是你们的私事。"

"涂言这些年多亏你关照了。"

经纪人笑得尴尬，心想涂言也没让她关照过呀，涂言这人向来拒人于千里之外，再说涂言的几次紧急事件她都解决得很烂。

经纪人感到抱歉，说："我的能力不够，真的没帮过涂言什么忙，昨天的事我也没处理好，还是涂言去找那个叫许家桉的人打了一架，我才知道这事是节目组里的人搞的鬼。"

涂言正靠着座椅补觉，听完经纪人的话，一时觉得哪里不对，心一颤，忽然隐隐觉得身边的气温低了几摄氏度。他睁开眼，向右边望去，就见顾沉白微眯起眼睛，面色不善地看着他，一字一顿地说道："你还打了一架？"

酒店的房门"咣当"一声被关上，涂言跟着抖了一下。他用余光去瞥顾沉白的神情，便看到顾沉白的眉头紧锁，嘴角抿成一条直线，似是在强忍着怒火。

涂言自知理亏，小声地嘟囔了一句："我又没受伤。"

顾沉白没搭理他，越过他径直往卧房走去。

涂言从没见过顾沉白对他生气的样子，一时之间慌张起来，无措地跟上去，把口袋里的录音笔拿给顾沉白看，为自己辩解："我不是要去跟他打架的，就是想从他的嘴里套话，留作证据用。而且……而且我也没有真的动手，就是吓唬他，推了他两把。"

顾沉白脱了西装外套，放在床尾，然后松了松领带，转身对涂言说："这不是你能带病和人打架的理由。"

涂言语滞，张了张嘴却说不出话来。他知道顾沉白是真的生气了。

可顾沉白凭什么生气？许家桉用那么难听的话羞辱他，他怎么可以忍？

顾沉白却嫌他冲动。

涂言看着顾沉白冷冽的侧脸，感到一阵委屈。

127

"一个月前你刚跟人在酒吧那种地方动了手,撞出来的瘀青才消下去,你又跑去跟人打架。"

"跟你没关系!"涂言红着眼,朝顾沉白吼道。

顾沉白被吼得直愣神,没等他反应过来,涂言就冲进卫生间,"咣当"一下把门摔上了。

这人的脾气真是一天比一天见长。

顾沉白哪里会真的和涂言生气,不过是为了让他长长记性,现在效果达到了,便见好就收。顾沉白拄着手杖走到卫生间门口,敲了敲门,喊"言言"。

涂言在里面喊:"你走,我不想看见你!"

"我走去哪儿啊?"顾沉白轻笑。

"跟我没关系!"涂言的声音里掺着哭腔,他把莲蓬头打开,企图用水声掩盖。

顾沉白许久没有再开口,站在卫生间门口,等了几分钟,然后握住铜制门把,动作极轻地打开了门。涂言正背对着门站在盥洗台前,低着头。

顾沉白走近了一些,便听到涂言捂着脸哭道:"你为什么都不问问我有没有受伤,疼不疼?"

这是涂言第一次对顾沉白示弱,放下自我防备的保护壳,把内心深处的秘密倾吐出来。他没有再说伤人的话,眼泪扑簌簌地往下掉,哭得像个伤心的小朋友。

顾沉白把他转过来,哄道:"是我错了,我不好。"

"言言有没有受伤？"顾沉白把他的手举到眼前，一边检查一边问，"他有没有打到你？"

涂言摇头，闷闷地说道："我不会让他打到我的。"

"这么厉害？"

"嗯。"

"为什么变得这么厉害？"

"因为我现在无所畏惧，"涂言看向顾沉白，微微抬起下巴，眼里是自信和轻松之色，"不完美就不完美，我喜欢现在的自己。"

顾沉白温柔地笑了笑。

"我今天要出门。"涂言说。

"去哪儿？"

"去公司，处理一下昨天的事。"

顾沉白从衣柜里取下那件烟蓝色的高领毛衣，送到涂言的手里，问他："言言，你想怎么处理？"

"就拍一段 VCR，澄清一下呗。"

"澄清什么？"

涂言认真地说："我想要为抑郁症正名，不希望我的粉丝对抑郁症有误解。可能是因为外形，我容易被人划分为偶像派，但我一直都认定自己是演员，从来没有立过什么'人设'，也没说过我是一个完美的人。他们喜欢的只是他们

'脑补'出来的那个我，我没有必要为他们的想象负责。"

顾沉白说："我给你买了好几样早点，都是你爱吃的。"

涂言"哼"了两声，权当回应。

顾沉白要起身的时候，涂言拉住他，说："那个……"

"怎么了？"

涂言踌躇了几秒，最后还是问出了口："顾沉白，你为什么一直不公开自己的身份呢？别说媒体了，就连圈子里的那些人都不知道你长什么样子，他们还以讹传讹，把你说得特别不好。"

顾沉白眼里的笑意淡了些，涂言心里"咯噔"了一下，以为自己越界了，问了一个冒犯的问题，正要解释的时候，顾沉白缓缓地说道："没什么原因，我只是不想被人用同情的眼光看着，也不想听人说'好可惜'。"

涂言咬了一下嘴唇，没说话。

"其实我没觉得自己可惜，但每个见到我的人都这样说，我听腻了，觉得烦。"

顾沉白笑了笑，有些玩世不恭，让涂言觉得隐约看到了阮南轻口中的那个张扬少年。

"所以我不怎么想见外人，也不想被外人看见，而且保持神秘感也有好处，在公司里比较有威慑力。"

涂言点头道："我知道了。"

涂言吃完早饭，就去公司和经纪人商议澄清的事情，几个人忙活了一上午,才拍好一支像样的短片。内容就是涂言坐在镜头前,回答屏幕上显示的问题。

最后一个问题:什么是抑郁症?

涂言愣怔了几秒,然后抬起头对着镜头说:"抑郁症是一种精神障碍,以显著而持久的情绪低落为主要临床表现,并伴有相应的思维和行为改变。抑郁症已经成为一种很常见的心理疾病,患上抑郁症没有什么可耻的,不是因为我们不够强大,或者我们想太多,所以才抑郁,这是一种疾病,需要治疗的疾病。希望大家能够用平等的眼光看待抑郁症患者,不要轻言讥讽,也不要落井下石,希望所有的抑郁症患者都能找寻到自己生命里的那束光,谢谢。"

"可以了吗?"涂言问经纪人。

经纪人愣了愣,点了点头,然后感叹道:"小言,我觉得你变成熟了。"

涂言笑了笑,说:"谢谢。"

"还柔和了,"小助理补充道,"好像突然变得温柔了很多呢。"

涂言的澄清视频通过他的个人微博发出,不到十分钟就迅速登上了微博热搜榜第一名。

"言言看着让人好心疼,我心碎了。"

"我也是抑郁症患者,特别能理解涂言。"

"楼上的,我也是!我们一起变好!"

"言言这次复出,成熟了好多,再也不像之前那样郁郁寡欢了,好棒!"

"希望言言早日康复!"

"我们会陪着你继续走下去的,言言加油!"

"等等,为什么没人关心涂涂说的那个朋友是谁?是谁上辈子拯救了银河系?!"

"我也想知道!"

"我听说好像是总裁呢……"

…………

涂言关了手机,闭上眼由着化妆师给他上妆。

导演敲了敲门,进来,走到涂言身边,说:"网上的那些谣言已经没有了,许家桉已经发微博公开道歉了。"

"谢谢您。"

导演听了这话自觉尴尬,又说:"没事,没事,应该的。本来就是我们工作上出的纰漏,害得你还有顾总惹上麻烦。"

"下午的拍摄工作什么时候结束?"

"大概四点。"

涂言点了点头,心想:还能赶上和顾沉白去吃顿晚饭。

进棚拍摄时,涂言已经感觉到气氛不对,除了他以外的人似乎都很紧张,敛声屏气不敢说话,也不敢和涂言交流,可能都怕成为下一个许家桉。

涂言觉得心烦,起身朝导演摊手道:"这要怎么拍?"

导演连忙把几个艺人喊起来，拉到一边训了一顿，涂言的助理在旁边看得干着急，这下涂言又要被人说耍大牌了。可涂言觉得无所谓，靠着椅背小口小口地喝着他的蔬菜汁。

节目最后总算是顺利拍完了，涂言回休息室卸了妆，换上私服，拿起手机开了机，才看见顾沉白两个小时前给他发来的消息："言言，公司有急事，我先回去处理一下。"

涂言撇了撇嘴，失望之情稍纵即逝。他拨了个电话过去，顾沉白很快就接通了。

"言言？"

"你到公司了？"

"嗯，刚到不久，你的节目拍完了？累不累？"

"室内综艺有什么累的，"涂言抓了抓自己的衣角，一边抠上面的假钻，一边问，"顾沉白，你吃晚饭了吗？"

顾沉白翻看着文件，有些心不在焉地回答："还没。"

"别吃了。"

"嗯？"顾沉白顿了几秒，突然尾音上扬，问道，"言言要来给我送晚餐吗？"

涂言没有说话。他没想到顾沉白一猜便中，有些羞赧，又有些气恼。

"言言，如果累的话，晚餐也可以留到下一次。你录了这么长时间的节目，等会儿还要坐一个多小时的车，我担心你的身体吃不消。"

"你管我！"涂言抬高音量，大喊一声，然后迅速挂断了电话。

给点儿颜色就开染坊，涂言气呼呼地想。

可挂了电话，他又觉得心里空落落的。其实他也想和顾沉白好好说话，可是顾沉白的心眼儿太多，惯会拿捏人，涂言一不小心就会掉进顾沉白布好的陷阱里，然后任其笑话。涂言知道自己没有顾沉白那么厉害，他只会打口水仗，还是很幼稚的口水仗。

刚认识的时候，他心里对顾沉白有怨气，不想和顾沉白好好说话，故意装得刻薄讨人嫌，想让顾沉白尽早开除他这个护工，后来慢慢地装成了习惯，改也改不掉了。

顾沉白也很坏，一步步后退，什么委屈都忍下，让涂言更加肆意地用言语刺他，然后更加后悔歉疚。

"下一次吧，下一次试试。"涂言对自己说。

他坐上回鸣市的车，司机问他是不是回家，涂言摇头，报了一个餐厅的名字。

这个餐厅是涂言的朋友沈飞投资的，口味很好，涂言以前在剧组的时候常让他家送餐。涂言比不上顾沉白，对美食没什么追求，也没什么鉴赏能力，只是单纯觉得味道不错，就想着让顾沉白尝尝。

涂言打电话给沈飞，托他点了几道招牌菜，让人提前打包好，涂言到时可以拿上就走。

沈飞做事的效率很高，涂言的车刚到餐厅后门，沈飞就已经站在台阶上等着了。涂言下了车，和他打了招呼。

沈飞把食盒交给涂言，犹豫着问他："涂少，你和顾沉白是朋友，真的假的？"

"真的。"涂言接过食盒，随意地说道。

"啊？"沈飞的表情可谓非常精彩，一半难以置信，一半难以理解，总之惊得一句话都说不出来。

涂言原本不爱和人说私事，即使是多年好友，也不想多讲，把食盒放到车座上就准备走了，可脚刚踏进车里，又不知为何突然停了下来。

"怎么了，涂少？"

涂言缓缓地起身，将手机在手心里翻了个面，随后握紧，蓦然转身说："其实，他根本不是你们以为的那样。"

"什么意思？"

沈飞望向涂言时，猛然愣住了，只觉得涂言像是变了一个人。

涂言背着手站在车边，脸上虽然没有什么表情，但眼角眉梢都透着难以隐藏的笑意，他说："论长相，十个祁贺都比不上他。"

这让沈飞怎么接话？他斟酌着话语，试探道："我能看看他的照片吗？我是真的好奇。"

涂言像是早有准备一样，沈飞话音刚落，他就举起了手机，翻开相册点了几下，然后送到沈飞面前。

沈飞倒吸了一口气，直接蒙了。

"怎么会这样？"沈飞问道。

"就是这样。"

涂言坐上车后，汽车一路飞驰。

他到了华晟总部楼下，从包里翻出顾沉白之前给他的员工磁卡，然后让司机先走，自己戴好口罩和墨镜，拎着食盒，从私人电梯上去，直达顾沉白所在的楼层。

结果电梯门一开，他就和顾朝骋撞了个正着。

顾朝骋没认出涂言来，警惕地把他拉住，问他是什么人。

涂言不耐烦地把口罩和墨镜摘下来，直直地望过去。顾朝骋立刻松开手，还嫌弃地甩了甩。

"你来做什么？"顾朝骋问。

"关你什么事！"涂言答。

顾朝骋冷漠地说道："惹事精，像你这种人，怎么配做沉白的朋友？"

"你还不配做他哥呢！如果不是你，顾沉白的腿怎么会受伤？"

顾朝骋被刺到心里最痛的地方，一时之间竟说不出话来，甚至红了眼圈。

顾沉白这时刚好从办公室里出来，只见涂言和顾朝骋正站在电梯口两相对峙,气氛剑拔弩张。他在心里叹了一口气,连忙走上去拉架。

涂言听到顾沉白的手杖声,先发制人地低下头,装出一副可怜巴巴的模样,等顾沉白走到他身边时,他还抽了两下鼻子。

顾沉白以为他受了委屈,对顾朝骋怒道:"哥,言言现在生着病,你怎么能欺负他?"

涂言躲在顾沉白身后,竖起一双耳朵,直到听不见顾朝骋的脚步声了,这才慢吞吞地探出头来看了看。

顾朝骋已经乘电梯离开了。

涂言松了一口气,刚要往后退的时候,就被顾沉白一把抓住了。

"言言同学,你是不是犯错误了?"

涂言梗着脖子说:"没有。"

顾沉白问他:"你刚刚说了什么?我看哥走的时候脸色不太好。"

涂言知道自己说错了话,犯了顾朝骋的禁忌,可他也不是故意的,他就是急于辩驳,一时没管住嘴。他看到顾朝骋眼眶发红时就已经后悔了,可又不愿意落于下风。

涂言不管三七二十一,先告状道:"他骂我也骂得很难听。"

"这个我会警告他的,你先告诉我你刚刚说了什么。"

涂言瞬间蔫了。他知道顾沉白今天不会放过他的,于是垂着眸子,干巴巴地说:"我说他害得你腿受伤,说他不配当你的哥哥。"

顾沉白的表情立刻变得严肃起来。涂言有些怕,又有些委屈,推开他侧身站着。

顾沉白确实有些气恼,但没有表露出来,只是轻声哄道:"去跟哥道个歉,好不好?这件事一直是他心里过不去的坎儿,你这样说他,可能会让他以为这是我的想法,他真的会很难过的。"

顾沉白的声音很具有蛊惑力,饶是涂言这样从没给人道过歉的人,也要被说动了,可一想到顾朝骋说的"不配做沉白的朋友",涂言就心头发堵。

顾朝骋有痛处,涂言也有。

他纠结了半天,最后还是说:"我不去。"

顾沉白有些无奈,看了涂言一会儿,说:"好吧,那我去。"

涂言咬着嘴唇不说话。

顾沉白转身就走,电梯门即将关上的时候,涂言又侧身钻进去,低着头小声说:"我……我陪你去,但我不道歉。"

顾沉白莞尔道:"好。"

顾朝骋的办公室只比顾沉白的低一层,很快就到了。出电梯前，顾沉白帮涂言戴好口罩，带着他走到顾朝骋的办公室门口。涂言临阵脱逃，一个人跑到旁边，装模作样地欣赏雕塑品去了。

顾沉白无奈地笑笑，敲了敲门，听到顾朝骋的声音后，就推门进去了。

顾朝骋本来站在窗边，见是顾沉白，脸色变了变，若无其事地问："怎么了？"

"还生气呢？"顾沉白走过去，笑着说，"我替小家伙过来跟你道歉，他在门口呢，不好意思进来。"

顾朝骋冷哼一声。

"他今天说的话，你别放在心上，"顾沉白走到顾朝骋的身边，胳膊搭在他的肩上，"哥，都过去这么多年了，你怎么还自责？没必要的。"

顾朝骋看着玻璃上顾沉白的身影，棱角分明，成熟稳重，这才恍然意识到他的弟弟已经二十六岁了，车祸也已是十一年前的事情了。但是顾朝骋永远记得十五岁的顾沉白在医院的病床上笑着对他说："哥哥，你别难过，我没事的。"

顾沉白那时候并不知道车祸给他带来的是终身残疾，还天真地以为自己休养几个月，就能回去继续打篮球。

"我们是兄弟，那天的那辆车如果撞的是我，你也会奋不顾身地跑过来推开我的，不是吗？"

顾朝骋沉默了许久，缓缓说道："我宁愿受伤的是我。"

"哥,你别这样,我从来没怪过你。"

"我知道。"

顾沉白岔开这个话题,抱怨道:"你们俩就不能好好地相处吗?怎么一见面就掐?"

"我就是看不惯他那副样子,人家患抑郁症都是郁郁寡欢的,就他整天凶巴巴、张牙舞爪的,我才不信呢。"

"哥,抑郁症也分很多种,言言那样只是想保护自己。"

"哼,反正你少跟这种人待在一起。"

"你的偏见太深了,哥。"顾沉白嗤笑一声,转身走了。

顾朝骋在后面说:"你放心,既然你把他当朋友,我不会针对他的。"

"谢了。"顾沉白抬了一下手。

顾沉白出门时,涂言还在抠外间那座无辜的鹿形玻璃钢雕,听到顾沉白的脚步声,整个人僵了两秒,然后头也不回地往电梯走去。

顾沉白追上他,摁了上行按钮之后,无奈地说道:"我是犯了什么错,哄完那边哄这边?"

"谁要你哄了,你走开!"

第一次来给顾沉白送晚餐,涂言一路上都在偷偷地激动,却被顾朝骋迎头浇了一盆冷水,闹得三个人都不愉快。

顾沉白把他拉进电梯,涂言说:"那我先走了,你慢慢吃。"

"言言，你在害怕什么？"

涂言的睫毛颤了颤，纠结片刻后他又咬住了嘴唇。

"他说了什么话让你这样难过？你告诉我好不好？"

涂言红着眼望向顾沉白，自我挣扎了一会儿后终于放弃，喃喃道："他说你不能和我这种精神有问题的人待在一起。"

没等顾沉白开口，涂言又说："你的家人都不喜欢我，我也没办法让他们喜欢我，我从小就不会讨长辈们欢心。我就是敏感又多疑，嘴还笨，给你当护工的那半年，不仅没照顾到你，还给你添了很多麻烦……"

"言言，人都是利己的，我对你好，也不是不求回报的。如果你的性格真的很糟糕，没有为我有哪怕一点点的改变，我都撑不到现在。"顾沉白继续说，"你对我冷言冷语的时候，我确实会难过，但后来我知道了，言言只是不会表达，只是生病了，其实你的内心非常柔软，你也很善良，也会默默地关心我，我就觉得一切都值得。"

涂言的鼻头发酸，他怕自己又眼泪决堤，于是别开了脸。

顾沉白想起还没有按楼层键，刚准备按时，正好电梯门打开，他们迎面碰上了准备下楼的顾朝骋。顾朝骋和涂言还是相看两相厌，顾朝骋皱着眉说："你们快点儿上去，快点儿。"

顾沉白于是笑着按了电梯的关门键。

涂言眯起眼睛怒道："他烦死了！"

顾沉白这时候当然要顺着毛捋，连忙应道："是呀，好烦。"

"每次见到他,我都要沾一身的晦气。"

顾沉白笑着说:"以后不见他了。"

"我祝他永远娶不到老婆!"

顾沉白念及手足之情,说:"这个不好吧。"

涂言觉得这个诅咒确实有点儿狠了,于是改口道:"那就祝他明年继续当孤家寡人,就算碰到喜欢的人,人家也不喜欢他!"

顾沉白在心里说:哥,委屈你一下。

然后他嘴上说:"好。"

涂言对顾沉白的反应很满意,在办公室里吃饭时还主动给他盛汤。

吃完饭,涂言将小腿搭在沙发边轻晃着,静静地看着落地窗外的天空,从橙红到暗紫,再到深黑。顾沉白在离他几米远的地方安安静静地办公,时而有电话打进来,他就能听到顾沉白好听又有磁性的声音。

顾沉白处理完手上的事情,穿上大衣,朝涂言伸手,喊道:"言言,我们出去走走。"

他帮涂言戴好口罩和围巾,把棉服的拉链拉到了最上头。

涂言和顾沉白从华晟总部大楼的后门出来,慢慢地往家的方向走着,路上经过一个广场,人很多,有乐队在表演,也有许多商贩在摆地摊,卖一些闪闪亮亮的小物件。

涂言担心有人撞到顾沉白,不太想走这里,正准备绕路时,就看见广场边上有一个年纪很大的老婆婆,手里挎着竹篮,给来往的人推销她手里类似平安符的东西,可路人并不理睬她。

大概是药物带来的影响,涂言最近总是很敏感。他看见那位老婆婆脸上失落的神情,不由得心软,不自觉地就走过去了。

"小伙子,要买平安符吗?在蕙因寺开过光的。"老婆婆见到涂言走近,连忙笑容满面地推销道。

这话自然是假的,涂言心里清楚。

顾沉白跟着走过去,问他:"想买?"

涂言没说话。

老婆婆连忙说:"不只是平安符,我这里还有开过光的红绳,你瞧瞧,纯手工编织的。"

涂言问:"有保平安的红绳吗?"

"有,有,有。"

老婆婆迅速地从篮子里拿出红绳,送到涂言面前:"这是护佑平安的,人最重要的不就是身体健康、出入平安吗?"

涂言听到"身体健康"四个字,不由得迷信了一把,点点头说道:"好,买两根。"

顾沉白付了钱,涂言从老婆婆的手里接过红绳,放在手心里，想了想。

"你替我戴着，我替你戴着，这样比较好。"涂言自说自话，然后点了点头。

他命令道："伸手。"

顾沉白伸出手，举到涂言的面前。

"我的平安放在你这里了，你小心着点儿，要是磕了摔了，我饶不了你。"涂言给顾沉白系好红绳，不自然地撇了撇嘴，故作凶狠地说道，"听到没有？"

顾沉白回道："遵命。"

他也帮涂言系好红绳，戏谑道："这样我家言言以后岂不是不能打架了？"

涂言羞恼地捶了顾沉白一拳，小声啐道："以后就打你。"

涂言做了一个梦。梦里，他回到了十二岁那年，躺在校医院的病床上，校医把他因为压力太大而晕倒的消息告诉了他父亲，但涂飞宏只说："我现在派司机过去接他。"

涂言别过脸，偷偷地抹掉眼泪。

他就知道他父母不会在意，他不该抱有期待的，期望越大，失望越大。

就在这时候，有人撩开帘子走了进来，是十五岁的顾沉白。

涂言愣了愣。顾沉白这个时候还没有出车祸，也就没有拄手杖，稳健地走到涂言的身边，笑着说："言言，受什么委屈了？"

涂言的眼泪顷刻落下，完全不受控制。

顾沉白说："言言，不要难过，你已经很棒了。"

涂言看到顾沉白的手腕上的红绳，抬手想看看自己的，结果发现手腕上空无一物。

他精神一振，从梦里醒了过来。

手腕上的红绳不见了。

凌晨三点，顾沉白从梦里转醒，起身去洗手间，才发现涂言不在他的房间里，被窝都是凉的。

顾沉白在那一刹那惊醒，只觉得全身的血液都凝固了。他找遍了家里的每个房间，没有看见人，也给涂言打了电话，可铃声从床头柜上传过来。他又去看了监控，最后确认涂言是跑出去了。

涂言一个人，拖着因为还在服药而虚弱的身体，在北方二月初凌晨三点的雪天里跑出了家门，没带手机……顾沉白的太阳穴隐隐作痛，但他很快镇定下来，穿好衣服出了门。

凌晨三点的鸣市，像一只在黑暗里沉睡的野兽，呼吸平缓，又有危险蛰伏其中。

严冬的天空是压抑的青黑色，一推门，便有呼啸的北风裹着雪粒闯进来，顾沉白握住手杖才勉强站稳。

换作以前，这个天气他是不会出门的，因为他受伤的关节在雨雪天总是隐隐作痛。

可他此时必须出门，因为涂言跑出去了。

顾沉白对涂言莫名其妙地失踪毫无头绪，只能急切地沿着薄薄雪地里的脚印往外走，脚印在别墅门口淡了许多，只能隐隐显示大概的方向。顾沉白往东边望去，一座房子的红色屋顶让他突然想起了什么。他低头看了一眼手腕上的劣质红绳，又迅速否定了这个不可能的假设。

应该不会。

顾沉白踩着雪往东边走去。

两边的独栋别墅都隐藏在暗夜里，灯光熄灭，路旁的常青树张扬地舞动着枝丫，如同鬼魅。顾沉白强行压下焦躁的情绪，加快了步伐，即将走到小区门口时，只见一个熟悉的身影从拐角处小跑着过来。那人穿着白色的长款羽绒服，两只手插在口袋里，胳膊处夹着一个手电筒，冻得哆哆嗦嗦，脚步却是轻快的。

顾沉白擂鼓般的心跳倏然安定了下来。

涂言如有心灵感应一般，抬起头来，看到了雪中长身玉立的顾沉白。他的眉眼突然舒展开来，笑得无比灿烂，他嘴角弯弯地冲过来，手电筒掉在了地上。

顾沉白责备的话还没说出口，就被涂言抢了先。

"顾沉白，我找到了！"

涂言把口袋里的东西举到顾沉白的眼前，像是完成了一件什么了不起的事情,亟待夸奖地看着顾沉白,兴奋地说道:"我赶在清洁工人出来前,把它找到了!它就在路边,被雪盖住了,幸好露出了一点点红色。"

果真是那根红绳!此时它正安安稳稳地躺在涂言的手心里。涂言蜷着手指,怕它被风再次吹跑,小心翼翼的模样让顾沉白不忍心责怪他。

"都怪你,昨晚让我穿那么多,害我连绳子掉了都没注意到,幸亏我睡觉前反应过来了。"涂言笑着说。

"你什么时候出的门?"

"凌晨一点多吧。"

"为什么没有喊上我?手机也不带,你知不知道我有多担心?"

涂言知错,低着头不说话,接着先发制人道:"我知道错了,你别骂我。"

顾沉白怒道:"我是担心你,这么一根破绳子,哪里值得你半夜出来找!"

涂言变了脸色,说:"当然值得呀,这是平安绳,那上面系着你的平安。"

顾沉白哑然,火气在见到涂言眼里的泪花那一刻消失了,他说:"小傻子,你怎么还当真了?"

涂言赌气道:"我就是当真了。"

失而复得的欣喜之情在顾沉白的冷脸下全都化作了寒

冰。涂言的心凉透了,眼泪就要掉下来,他忍住了,拇指指尖死死地掐在无名指上,说道:"我知道这根绳子的成本就几毛钱,没有开过光,没有任何价值,也不可能保佑你平安,可是我就是害怕。"

顾沉白问:"怕什么?"

风呼啸着,很容易就把涂言的欣喜心情吞没,留下的依旧是他伤人的口不对心的话语,他有一万句刻薄的话堵在嗓子眼儿里,跟着惯性差点儿就要涌出来。可是他早就想好要改变的,不想继续刻薄,不想伤害顾沉白,他要变成一个值得顾沉白关心的朋友。

其实这个时候他凶巴巴地来一句"不用你管",顾沉白也不会生气,甚至会让他以后不要这么不小心。

可是涂言这次不想再这样了。

昏暗寂静的环境给了他勇气,说真心话的勇气。

"怕有不好的事情发生,怕你受伤,哪怕是磕磕碰碰都不可以。我知道我的想法很傻,可是我是真的害怕。"

涂言说完就伸出手,举到顾沉白面前,说:"帮我戴好。"

天光暗淡,但涂言的眸子很亮。

顾沉白接过红绳,给涂言系好,红绳绕着涂言雪白的手腕,系了一个活结。

他温柔地说道:"回家吧。"

涂言把手电筒捡起来,打开开关,照着前面的路,皑皑雪地上只有一深一浅两行脚印交织在一起。

大雪将过往的一切都覆盖住了,只有这两行脚印,就像寓意着忘记过去,重新开始。

涂言抬起头朝顾沉白笑了笑,说:"嗯,回家。"

PRODUCTION 夏日少年
SCENE A001
SCENE 3
TAKE 11

番外一　　　　　　兔崽

一开始接到这档叫《伴一程》的综艺节目邀约时，涂言是拒绝的。

他不适合参加综艺节目，可对方发过来的策划书又非常吸引人。策划书上说：我们是一档用心享受旅行的节目，一期只有一组嘉宾，没有剧本，没有游戏环节，嘉宾自己定制旅游路线。我们只希望用镜头展示嘉宾之间真实的相处模式，用镜头记录一段旅行，记录一段时光。

最让涂言心动的就是最后那句"记录一段时光"，因为他不是一个擅长记录生活的人，平时也不爱发朋友圈，甚至很少拍照。他的手机里除了几张工作照就没有别的照片了，连自己的自拍照都没有。

其实拍戏的那几年涂言也去了很多地方，但要他细细地叙来，他一个字都说不出，毕竟他以前对什么事都提不起兴趣。

顾沉白的相册装得倒是很满，从两个人初见到现在，家里的花花草草、沿路的风景……所有照片、视频都被尽数保存着。涂言可以通过顾沉白的相册看到自己一段时间的成长，翻着一张又一张的照片，他会慢慢地发现自己的脸上少了些倦怠和不耐之色，多了些欢愉和温柔的表情。顾沉白擅长捕捉他的表情的细微变化，透过顾沉白的镜头，涂言看到了不一样的自己。顾沉白喜欢背着相机去景点采风，后来涂言也爱上了摄影，一有空就陪着顾沉白一起去。

涂言拿着合同，心想：好神奇。

兔崽——涂言的养子，今年一岁半了，站起来和沙发扶手一样高，所以他经常会躲在沙发边上吓唬涂言。涂言会充分发挥一个演员的专长，先是假装被吓得后退两步，然后再冲过去把兔崽捉住。兔崽就会"咯咯"地笑，往涂言的怀里拱。

"带你出去玩好不好？"

兔崽想了想，说："不好。"

"为什么？"

"不想要被蒙住，"兔崽形容不出来，就手舞足蹈地表演起来，两只手张开，然后拍在脸上，撇嘴说，"不想被爸爸的大衣挡住。"

涂言哑然，忽然意识到小孩子其实什么都懂。

因为职业特殊，涂言很少带着兔崽出门，即使逼不得已带着他出去，比如去医院打针，也要拿衣服把兔崽严实地包住，不让狗仔拍到。对自己的私生活，涂言一向守口如瓶，要是兔崽被人肆意地评论，他可能真的会被气出病来。

这样想的话，涂言又不太想接这个节目了。

"想和爸爸一起出去玩。"兔崽坐在涂言的怀里，忽地搂住涂言的脖子，凑到涂言耳边，小声地说着悄悄话，"去秋秋湖的时候，太阳好看。"

涂言愣了愣，很快反应过来，兔崽口中的"秋秋湖"大概是邻市的秋洺湖。秋洺湖是邻市一道独特的风景线，是一个有着天然月牙状的湖，游客在湖边小筑里能看见日出。

那次涂言有紧急的工作，便没机会一同前去，不过即使有机会，涂言也不太敢轻易出门。

他现在工作有了起色，方方面面都很谨慎。

最后是顾沉白带着兔崽去的，兔崽很喜欢这个顾叔叔，他们在湖边小筑和涂言视频通话，兔崽还在生涂言的气，撅着嘴不肯说话。顾沉白笑着揉揉他的小脸蛋儿，跟他说："你爸爸工作也很辛苦，宝宝这样不乖，你爸爸会难过的。"

兔崽想了想，可怜巴巴地望向手机屏幕里的涂言，带着哭腔说："爸爸，我好想你。"

涂言心都化了，连忙哄道："爸爸很快就回去陪你，好不好？"

兔崽抽抽噎噎地说"好"。

涂言想：无论如何，这次他一定要带兔崽出去玩。

他先去问顾沉白的秘书，顾沉白是否可以空出一段时间去参加一档为期七天的综艺节目。秘书过了一会儿回复他："可以的，那几天集团没有董事会和决策讨论会，一些小事可以在电脑上处理好。"

涂言放下心，又去找经纪人，告诉她自己决定接下这个综艺节目。

经纪人有点儿为难，说："这个节目的导演原来是拍纪录片的，我怕他没有综艺节目方面的经验，而且制片方也是小公司。"

涂言摇头表示不在意，坚决地说："就这个吧。"

涂言最后才去找的顾沉白。他主动去了华晟，顾沉白的办公室的门是关着的，包括顾朝骋在内的领导班子都在顾沉白的办公室里面，秘书在外面表情紧张，把他引到沙发上，告诉他："涂先生，您来啦？您在这边坐一会儿吧，华晟今天早上突发舆论事件，二少正在给部门的人开会呢。"

"哦。"

可秘书的表情还是很紧张。

涂言疑惑地问她："你怎么了？"

"公关部门互相推卸责任，官方回复的言辞不好，导致事态更加恶劣，二少很生气，在里面发了很大的火。"

"他发火你们还会害怕呀？"涂言还没见过顾沉白发火，不免有些好奇。

"害怕,"秘书点了点头,脱口而出,"二少发火的时候一句话不说,但是气氛压抑得让人喘不过气来,连总裁都害怕。"

秘书说完才想起这话怎么能在涂言面前说,惊慌地捂嘴说道:"我……"

涂言笑了笑,说:"没事,我不会告诉他的。"

涂言觉得实在有趣。他终于知道为什么顾沉白在华晟的地位如此之高了,原来顾沉白说的"保持神秘感比较有威严"不是开玩笑的。实际上华晟是在顾沉白的决策和顾朝骋的具体实施中稳步前进的,若是别的公司,可能两者之间会产生嫌隙,但在顾朝骋这里没这个问题,因为他无理由地相信、支持顾沉白的一切决定。

"那这次的事情有办法解决吗?"涂言问。

"当然,有二少在,就没有解决不了的问题。"

大概等了二十分钟,办公室的门才被打开,涂言也没回避,低头玩着手机等办公室里的人走光。

顾朝骋最后出来,看见涂言时习惯性地皱起眉毛,涂言却大方地摆了摆手,说:"你快去处理你的事吧,我懒得跟你吵。"

顾朝骋落了下风,表情不悦地走了。

涂言悠悠地走进顾沉白的办公室,顾沉白正盯着电脑屏幕,语气有些冷:"不敲门就进……"

话音未落,他看到涂言,表情瞬间柔和了,弯起嘴角,笑着说:"言言,你怎么来了?"

涂言的脚步顿了顿,他觉得顾沉白既熟悉又陌生。

顾沉白见涂言的表情不对,放下手里的事就要起身过去。涂言阻止他:"坐在那儿别动,你忙你的事。"

涂言继续往前走,走到顾沉白的身边,拿出袋子里的东西,说:"我自己在家做了果汁和蛋糕,你要不要尝一尝?"

顾沉白看向他,戏谑地笑道:"怎么了?"

涂言默不作声地拿出果汁,拧开盖子送到顾沉白的唇边,说:"橙子不是很甜,所以加了一点儿糖。"

顾沉白乖乖地喝了一口,夸奖道:"好喝,言言真厉害。"

涂言感觉脸有些发烫,说:"榨果汁有什么好夸的?"

"怎么特意过来?"

"顾沉白。"

"嗯?"

"秋洺湖的日出好不好看?"

顾沉白一开始没反应过来,过了好久才回答:"秋洺湖?怎么突然问起这个?"

"我们再去一次吧,有一个旅游类的综艺节目找到我,类似拍纪录片的那种形式,没有那种花里胡哨的游戏环节。我们可以自己定制游玩路线,连头带尾总共就一个星期的时间,身边只有导演和几个摄影师跟着,我觉得还不错……

我们一直都没有机会一起出去玩。"涂言说完之后顿了顿，"嗯，所以你同意吗？"

顾沉白想了想，给了一个肯定的回答："同意。"

"那华晟的工作呢？"

"我带着电脑去就行，没关系的。"

涂言终于笑了，说："刚刚听说你在里面发火，我还以为你最近肯定很忙。"

"如果不发火，之后肯定会很忙，发了火，事情就好解决了。正好公司最近在舆论上出了一点儿问题，我去露个脸说不定是好事，到时候有不熟悉、做得不好的地方，还希望涂老师指教。"

涂言笑了笑，把蛋糕送到顾沉白的面前。

顾沉白尝了一口，甜到齁，但没有说，就着果汁努力吃了一半。

《伴一程》这档综艺节目的导演很快就和涂言联系上了，导演问涂言："涂老师对节目的安排有什么建议吗？"

"称不上老师，您不用这样叫我，"涂言拿出了一个小本子，对导演说，"我没有建议，但确实有一些事情要提前和您商量。"

"您说。"

"我朋友的腿不太好，他不能走太远的路，所以爬山或者其他海拔比较高的城市基本上都不在我的选择范围里，旅行的路程会短一些，速度也会慢一些。另外还要跟您说一下，希望摄影师在拍摄的时候，尽量少拍顾先生的腿，虽然顾先生不在意，但我不愿意他被过多地议论。他不是一个爱露面的人，这次是看在我的面子上才打破原则参加这样的节目，所以还请您这边多多体谅。"

"您言重了，应该的。"

涂言这才放心。

双方签订完合同，洽谈结束，一切都准备就绪，导演组准备登门拍摄第一组镜头：涂言他们三个人出发前的准备工作。

兔崽还在纠结到底是带钢铁侠还是蜘蛛侠的玩具，涂言就帮他做了决定："两个都不许带，兔崽，你上次出门就弄丢了两个玩具。"

兔崽很委屈，说："我送给小弟弟了。"

顾沉白走过来，说："我们上次出去，在路上碰到一个卖水的中年妇女，身上背着一个跟兔崽差不多大的孩子，那个孩子眼巴巴地盯着兔崽手里的玩具，我就让兔崽把玩具送给他了。"

兔崽重重地点头，为自己洗清冤屈。

"你应该夸奖宝宝。"顾沉白笑着提醒涂言。

涂言恍然，连忙抱起兔崽说："爸爸冤枉你了，对不起。"

兔崽"哼"了两声，就开始和涂言讨价还价："钢铁侠和蜘蛛侠都要带。"

"好吧。"涂言亲了亲兔崽的脸。

两个人刚说完话，导演组就打了电话过来，说他们再过五分钟就到。

导演组往涂言家赶的路上，车上的一个摄影师小声地问："听说华晟的顾总腿部有残疾，真的假的？"

"真的，真的。"

"名字叫顾沉白，他怎么什么新闻采访都没有？"

"听人说长得不好看。"

导演听得头疼，说："别吵了！我告诉你们，顾总很帅，帅得我也形容不出来，你们见了就知道了。"

摄影师们叽叽喳喳地议论，表示不信。在圈子里待了这么久，他们什么帅哥美女没见过。

可等到达目的地，还没下车他们就集体愣住了。

"什么情况？"

"站在涂言旁边的人是谁？"

"学历优越，身家过亿，还是超级大帅哥，这个世界还有没有天理了？"

"不会吧？这……这……这……这不会真的是顾沉白吧？"

导演抬手在话最多的摄影师的后脑勺儿上敲了一下，

说:"知道什么叫会投胎了吧?"

众人开了摄像机和收音设备,慢慢地聚集到涂言他们身边。

"我们的主人公登场啦!小言,给我们做个自我介绍吧?"

"兔崽,跟大家打个招呼。"涂言对待镜头已经自然到不行,让兔崽先朝镜头挥挥手。

"大家好,我叫涂斯昀,小名叫兔崽,这是我的爸爸。"兔崽指了指涂言。

众人倒吸了一口气。

宝宝好可爱!涂言好幸福!好羡慕!呜!

"大家好,我是涂言,我身边的这位,就是我常常提到的那个对我帮助很大的朋友。"涂言望向顾沉白:"跟大家打个招呼吧!"

顾沉白面对镜头并不紧张,脸上挂着温和的笑容,说道:"大家好,我是顾沉白。"

简单进行自我介绍之后,节目开始正式录制。

"上车吧,接下来的第一站我们去哪里呢?"导演问。

"秋洺湖。"涂言回答。

兔崽开心地鼓掌说:"啊!秋秋湖!"

导演疑惑道:"那儿不算太出名的景点,怎么会想到去那里呢?"

"顾先生说那里的日出很好看。"

"原来是这样。好！那我们本期《伴一程》的第一站就是秋洺湖！出发！"

节目的消息一经公布，就引发了巨大反响，官方微博刚刚注册，关注度就"噌噌"地往上涨，涂言的粉丝有规模、有纪律地在底下评论，努力让一些不怀好意的评论沉下去。

"华晟最近刚出产品质量危机，老板就来上综艺节目，难不成华晟要破产了？"

"顾沉白也不是华晟的老板吧？华晟的老板是顾朝骋。"

"涂言是首都电影节的'最佳男主角'，下一部戏还要和李中源导演合作，我们言言未来可期。"

"可是我听说顾沉白又老又丑，腿部还有残疾，我舅舅跟华晟有业务来往……"

这边议论正盛，谁也没想到祁贺竟发了一条微博。

"本人最近看到了一些评论，十分震惊，关于顾先生的颜值问题，这么说吧，我在他面前甘拜下风。"

舆论瞬间倾斜，各种期待节目播出的词条让人眼花缭乱，把节目的势头推向最高点。

导演这边听了副导演的汇报，喜不自胜，刚想对涂言说，就发现涂言正静静地看着窗外的风景，侧脸温柔得不像话。

导演连忙喊来摄影师，捕捉到了这个绝美的镜头。

到了秋洺湖,兔崽一觉睡醒,恢复了精力,兴奋地说道:"太阳公公还在睡觉吗?"

"是的,太阳公公还在睡觉,兔崽不要吵到太阳公公。"涂言说。

兔崽连忙捂住嘴,小声说:"好。"

摄影师在旁边笑,化妆师表情感慨地看着,说:"在爱里长大的孩子怎么这么招人喜欢哪!"

湖边小筑是预约好的,大家拎包即住,安顿下来之后,众人去到餐厅里吃晚餐。

"小言,这是菜单。"

"谢谢。"涂言接过菜单,放到兔崽面前:"兔崽想吃什么?"

"爸爸呢?"兔崽坐在涂言的腿上,仰起头问。

"爸爸还没想好,你帮我做决定吧。"

"好!"接到这么"重大"的一个任务,兔崽十二分地认真,虽然还不认识字,但像模像样地一页一页翻,直到翻到一张干锅鸡块的图片,"爸爸最爱吃这个!"

涂言愣了愣,凑过去看,发现还真是。

兔崽爬起来,半个身子都在桌上,奶声奶气地对导演说:"叔叔,我们要这个,还有这个!"

"好,兔崽好棒。"导演满眼慈爱之色,完全被迷住了。

163

导演不到凌晨三点就爬起来了，和摄影师一起去取景，想找到最好的角度。这个过程中，曾经身为纪录片导演的习惯发作，他坚持要构图最美的空镜。

"导演，再不开始，都要到中午了！"

"行吧，行吧，喊嘉宾出来吧。"

"等等，"化妆师突然喊住摄影师，"他们已经出来了。"

众人顺着化妆师的手指望过去。

湖边小筑的小阳台上，涂言走到栏杆处，抬头去看远处露出了头的太阳，下一秒，顾沉白抱着睡蒙了的兔崽走出来。涂言笑着接过兔崽，舍不得逗他，柔柔地抱住。

清晨的柔光洒在他们身上，一切言语都显得匮乏。

导演拍了拍摄影师，说："愣什么？快拍呀！宣传图有了。"

果不其然，这张图一放上微博，网友再次沸腾。

"一时间不知道该羡慕谁。"

"说顾沉白又老又丑的人给我滚出来，眼睛不用的话可以送给有需要的人。"

"华晟为什么还要找代言人？这真的是现实里可以存在的老板吗？"

"这个画面太美好了，我要截图做壁纸！"

"同上！"

"从今天开始，我就是兔崽的妈妈粉啦！"

…………

PRODUCTION 夏日少年 SCENE 3 TAKE 11
SCENE A001

番外二 小太阳

顾沉白过二十八岁生日的当天，祁贺盛装出席，不仅豪掷大礼，还把自己的工作室的一支男团带过来表演中场节目。

几个明星一来，宴会现场立刻变得热闹起来，几十个保安绕了酒店一圈，防止记者和粉丝偷拍。

顾朝骋最讨厌这样嘈杂的环境。

他帮顾沉白招呼完宾客，就松了松领带，走到人少的地方喘了一口气。

他正发着呆，就看到一个穿着白色背带裤、戴着卡其色贝雷帽的男孩儿在拐角处探头探脑地往外看。

顾朝骋冷眼旁观，看着男孩儿走到一扇门前轻轻地推开一条缝，从门缝往里偷望。

这人鬼鬼祟祟的，不是狗仔，就是粉丝。

顾朝骋走上前，一把拎住那人的衣服后领，然后推开门，把他扔了进去。那个男孩儿吓傻了，一声尖叫憋在嗓子里，还没来得及叫出来就被自己的口水呛住，魂儿还没收回来，先蹲在地上咳了好半天。

"……"顾朝骋低头看着他。

"你……你干吗呀？"那个男孩儿终于咳完了，涨红着脸起身，责备地看向顾朝骋，却在看清顾朝骋的脸时愣住。

那个男孩儿目光直直地盯着顾朝骋，丝毫不露怯，他的五官都很稚嫩，眼睛比常人大，圆圆的，眼尾处长了一颗小痣。

顾朝骋摸了摸鼻子，重新皱起眉头，厉色道："你刚刚在外面做贼似的东张西望，还好意思问我干吗？"说罢就拿出手机，作势要叫保安。

那个男孩儿冲上去把顾朝骋的胳膊抓住，阻止道："我不是小偷，我是今天过来表演节目的明星。"

顾朝骋刚要说话，就感觉到一股浓郁的水蜜桃味充斥在他的鼻间。

那个男孩儿松开手，摸了一把自己的后脖颈，然后呆呆地望向顾朝骋，问："我的退热贴呢？"

"我怎么知道？！"

那个男孩儿连忙低头去找，地上没有，门口也没有，找来找去，最后在顾朝骋的袖子上发现了已经粘成一团的退热贴。

顾朝骋刚刚拎那个男孩儿的衣服后领时，顺手把人家的退热贴给扯下来了。

"……"那个男孩儿气得要哭，又不会发脾气，只能皱着眉毛瞪顾朝骋，"你这人怎么这么粗鲁哇？！"

顾朝骋也没想到会这样，尴尬地看着他手里的退热贴，问："还能用吗？"

"还怎么用啊？一次性的。"

顾朝骋有些心虚，但依然摆架子道："你发烧了还出来乱跑什么？"

"我要工作呀，老板要你上台，你还能因为发烧就不去吗？"

顾朝骋奇怪地想：为什么不可以？

他冷哼一声，刚要说什么，就被猛地推到门外，那个男孩儿飞快地把门关上，在里面喊："保镖大哥，麻烦你帮我找一个退热贴来，谢谢您了！"

"……"

顾朝骋没说完的半句话生生被憋回嗓子里，他指了指红木大门，到底没骂出来。

还能怎么办？顾朝骋只能任劳任怨地去帮他找退热贴了。还好这东西不算难找，很快，他就从护工手里借来几片，快步走到房门口，敲了敲门，喊了声"喂"。

那个男孩儿的声音已经有点儿虚弱了，他有气无力地答："保镖大哥，你从门缝底下塞给我吧，好不好？"

顾朝骋有些心软，也没反驳，蹲下身子照做。那头的男孩儿像小老鼠偷食一样飞快地把退热贴抽走了。

顾朝骋做完一桩好事，刚起身就听见旁边传来了"啧喷"的声音。

他转头看去,发现是涂言。

涂言穿着高级定制的礼服,抱胸俯视顾朝骋,满眼的复杂之色,说道:"谁能想到,有人表面上是华晟集团的总裁,背地里却是在酒店房门口塞小广告的?"

"……"顾朝骋看到涂言就头疼,不耐烦地挥了挥手,"今天是沉白的生日,我不跟你吵。"

涂言得意地跑了,跑到正在看宴会流程的顾沉白身边,笑嘻嘻地说:"顾沉白,我又惹你哥生气了!"

谢之遥差一点儿就死在这个陌生的房间里了。他抹掉眼泪,贴好退热贴,去洗手间洗了一把冷水脸,才敢出门。

那个保镖大哥还站在外面,只是一脸愠色,好像在生闷气。谢之遥看得愣了神,又觉得这位保镖大哥显得比常人要贵气精致一些,不像是普通的保镖,可他被发烧搞得晕头转向,一时也想不清楚。

与之前相比,这会儿少了一些尴尬,谢之遥伸手戳了戳顾朝骋的胳膊,说:"谢谢你呀,保镖大哥。"

顾朝骋的思绪回笼,他转头瞥见离自己如此近的人,连忙往后退了一步。

谢之遥以为这人还在怀疑自己的身份,诚恳地向他解释:"保镖大哥,我真的不是小偷。我叫谢之遥,是祁贺祁先生的工作室签约的艺人，今天被他带来表演节目。我特别喜欢涂言老师，就想趁着宴会没开始，找他讨一张签名，只是还没找到他，就被您抓住了……"

顾朝骋抓错了重点，问："你喜欢涂言？"

"对呀，他是我的偶像。"

顾朝骋五分钟前刚在涂言那儿落了下风，现在一听这话，立刻火冒三丈，皱起眉头说道："什么破眼光。"

谢之遥本来下意识地要维护自己的偶像，可又觉得和这么一个陌生的保镖大哥起争执没有意义，于是耸了耸肩，闭上嘴，没有搭腔。

这时候，他的裤兜里的手机响了，他一接通就听见经纪人在话筒里大喊："谢之遥，你死哪儿去了？！"

谢之遥吓了一跳，挂了电话之后连忙往回跑，刚迈出去一步又想起来，回身对顾朝骋摆摆手说："我去表演节目啦！保镖大哥再见。"

顾朝骋低头看了一眼自己身上这套价格六位数的高定西服，不能理解为什么会有人傻到把他认成保镖。

余光瞥到房门边上有一个方形小本，看上去像便笺本，顾朝骋拾起来，见到小本的封面上画着两只 Q 版的小猫小狗，右下角写了"谢之遥"三个大字。

写的字圆乎乎的，和谢之遥的人一样。

本子还散发着一股淡淡的香味，顾朝骋凑近了，才辨出是水蜜桃味。

他的眉头再次蹙起，和涂言长得差不多的人，果然也和涂言一样惹人厌。

宴会正式开始前，顾朝骋坐到自己的席位上。顾母走到他身边，指了指东南方向，低声问他："朝骋，那位秦小姐，你看怎么样？"

顾朝骋看都没看，便说："不怎么样。"

顾母气得拍他的肩膀，说："你都三十多岁了，怎么连个对象的影儿都没有？"

"这两者有什么必然联系？"

顾母气得心口疼，说道："算了，我不管你了，你就和你的臭脾气过一辈子吧。"

顾朝骋沉默了下来。他不懂为什么母亲总是执着于给他安排相亲，也不懂为什么他的家人特别担心他会孤独终老，明明他现在过得很好，工作很忙碌，生活很充实。

顾朝骋人生的前二十七年，是围绕着他弟弟顾沉白过的，但现在顾沉白有了自己的朋友，没时间像以前那样和他谈天说地，他一个人适应了一阵子。但很快，他就顺利地把自己的生活重心转移到工作上了，接手华晟的工作还算顺利，大大小小的事情占据了他所有的时间。

他觉得这样的生活也很好，但大家又开始带着批评的语气说他是工作狂。

他好像做什么都有错。

顾母走去其他桌招呼客人，几分钟后，灯光暗下来，开场表演开始了。

顾朝骋对这种年轻人喜欢的舞蹈没有兴趣，兴致缺缺地扫视了四周之后，视线无意中落在了舞台上，然后猛地停住。

那个男孩儿真的是男团成员，站在队伍的后排，动作一丝不苟，脸上的笑容很灿烂，跳舞的间隙还朝台下望，在捕捉到顾朝骋的目光后愣了愣，动作慢了半拍，又很快跟上。

音乐结束的时候，几个男孩子站成一排朝台下鞠躬，然后转身往后台走去。

顾朝骋本来都要收回视线了，可又看到那个叫谢之遥的男孩儿在人群中偷偷地朝他挥手，笑吟吟的，像与好友重逢一样开心。

也不知道他有什么可开心的。

顾朝骋转过身子，伸手调整了一下餐布的位置。

顾朝骋再见谢之遥是三天后了。

这天顾朝骋晚上十点结束工作，坐车从华晟总部回家，经过誉封路时，司机照常把他放下。

誉封路原本是鸣市最早的几条商业街之一，十年前也算是红火过，但如今鸣市的发展不同往日，商贸大厦越来越多，誉封路也渐渐衰落了，晚上十点的时候，这条路上已鲜有行人。

顾朝骋从誉封路的路口往路尾走，在中段的人行道边上瞧见了一个熟悉的身影。

谢之遥穿着一身白色运动服，戴着口罩和帽子，一只手捧着一杯关东煮，另一只手玩着手机，正低着头往路对面走。

顾朝骋离他七八米远，准备停下，等谢之遥走远了再走，他不擅长在路上和人打招呼。可就在这时，旁边有轿车急速地开来，谢之遥还低头盯着手机屏幕，丝毫没有意识到危险来临。

顾朝骋觉得自己的心跳停了一瞬，脑海中闪现十多年前的那个画面：惨白的脸，鲜红的血，环绕着车的急刹声，路人的惊呼声，还有他弟弟痛苦的呻吟声。

等谢之遥反应过来的时候，已经来不及了，近在咫尺的车灯亮得他睁不开眼。

但好在有人从后面抓住他的胳膊，把他拽了回去，他踉跄地倒在一个坚实的怀抱里。

谢之遥愣了足足半分钟，才想起来道谢，刚抬头便愣住了，说："是你？保镖……"

说到一半他又想起来，这个人可不是保镖，经纪人说了，这个人是华晟集团的大老板。

顾朝骋的脸色很不好,他松开手,推开谢之遥,转身就走。谢之遥顾不上酸痛的脚踝和手腕,跟上去拉住他的袖子,但被甩开了。

谢之遥看着顾朝骋仓皇离去的身影,心里奇怪:明明他才是命悬一线的人,顾朝骋看起来却是更恐惧的那个。

"谢之遥!你能不能不要再去招惹那些野猫野狗了?你当自己是谁,想要普度众生吗?"吴柯一脸嫌弃表情地把谢之遥脱下来的外套扔到一边。

谢之遥把自己的衣服捡起来,放回原处,不服气地说道:"你干吗扔我的衣服?我又没抱猫猫。"

"我嫌有细菌!"

谢之遥懒得和他吵,当着他的面又用抑菌洗手液洗了一遍手,然后抽了一张面纸擦干。之后谢之遥走到衣柜前,挑挑拣拣了半天,好不容易才找出来一件称心的衣服。

吴柯狐疑地看着他,问:"你要出门?"

谢之遥哼着小调,心情愉悦道:"对呀,我要请我的救命恩人吃饭。"

"你有他的联系方式?"

谢之遥刚想说"我去华晟找他就好啦",但又念及顾朝骋的身份,怕吴柯多想,便只说:"没有,我去誉封路逛一逛,说不定能再碰上他。"

吴柯冷笑,说他傻。

事实证明,谢之遥的行为确实有点儿傻,因为他根本进不去华晟。前台人员见他没有预约,又戴着口罩、墨镜,整个人形迹可疑,因此连一个电话都不肯帮他打。

谢之遥想起几天前他还傻乎乎地对着人家喊保镖大哥,指挥人家给他买退热贴,结果下了台之后,他询问经纪人才知道,那是堂堂华晟集团的总裁顾朝骋。经纪人说:"你问他做什么?你得罪他了?"

谢之遥满脸通红,一声声地喊人家保镖大哥算得罪吗?

他仰天长叹,自己怎么能没眼力见儿到这个地步。

没有办法,谢之遥就坐在华晟楼下的沙发上等,一直等到晚上十点多。他又饿又困,倚在沙发扶手上昏昏欲睡时,突然感觉有一股无形的压迫感朝他逼近,他睁开眼,迷迷瞪瞪地抬头望去,然后被吓得直接从沙发上跳起来。

来人竟然是顾朝骋。

顾朝骋低头看着他,眉头微微皱起,问道:"你在这里干什么?"

谢之遥站得笔直,准备好的台词忘得一干二净,结结巴巴地说:"那个……顾先生,我是特地来感谢您的,您上次救了我,如果不是您,我都不知道能不能站在这里,我本来想中午请您吃顿饭……"

谢之遥挠了挠头,不好意思地说:"但我忘了您是总裁,没有预约见不到的。"

"所以你就一直等到现在?"

谢之遥点了点头,说:"今天已经晚了,那您明天中午有时间吗?"

"不用了,上回只是举手之劳。"

顾朝骋转身要走。谢之遥抓住顾朝骋的袖子,但还没等顾朝骋发火,他就松开了,乞求道:"顾先生,您就给我一次报答您的机会吧,好不好?"

"我说了不用……"话说到一半,顾朝骋就听到一声动静,是从面前这人的肚子里发出来的。

谢之遥捂住肚子,满脸通红道:"不是,那个,我……我就是有一点点饿。"

"你想吃什么?"

"啊?"

"你不是要请客吗?就现在,仅此一次。"

谢之遥的眼睛一亮,他连连点头应道:"好呀,好呀!"

最后他们去了一家提供夜宵的中餐馆,谢之遥拉着顾朝骋找了一个安静的位置坐下,献宝似的把菜单递给顾朝骋,说:"您点!"

顾朝骋对"吃"这方面没有要求,一切都是以荤素搭配适当、分量优先为标准,因此他大手一挥就点了七八个菜。

谢之遥愣了愣,心想:这位总裁怎么和电视剧里的不太一样。

顾朝骋斜着眼看他，问："心疼钱？"

"没有，没有，就是觉得您好会吃，点的都是他们店的特色菜呢。"

谢之遥的表情很诚恳，顾朝骋勉强相信了。

等点的菜陆陆续续地上来，顾朝骋跟老板要了两碗米饭，一碗给自己，一碗放到谢之遥面前，然后二话没说拿起筷子就开始吃。

谢之遥又愣住了，突然开始自我怀疑：刚刚肚子叫的人是谁来着？

可他看着顾朝骋吃饭的样子，又觉得有种怪异的可爱，明明西装革履，一副精英人士的派头，吃起饭来却像他在楼下偷养的小流浪狗，一点儿有钱人的架子都没有。

"你是不是觉得我这样显得很蠢？"

"嗯？"谢之遥回过神来。

顾朝骋放下汤盅，看了一眼手表，说："你已经盯着我看了十分钟了。"

谢之遥说："没有，我就是觉得看您吃饭特别开心，就像那种网上的'吃播'，看着就好香啊。"

"那你自己怎么不吃？"

谢之遥拨了拨筷子，尴尬地说道："我饿得没有胃口了，而且我明天下午要上节目，不敢吃夜宵。"

"你多大?"

"二十一岁。"

顾朝骋又点了一份排骨粥给他,斥道:"什么畸形审美,你又不胖,多吃点儿。"

谢之遥把两腿并拢,乖乖地坐好,突然想到顾朝骋刚刚说的话,组织了一下语言,犹豫着开口:"顾先生,我说的是真心话,我是真的觉得您吃饭特别香,没有嘲笑您的意思。"

"哦,我无所谓。"

谢之遥急了,又说道:"您不能误解我呀!我可以发毒誓。"

"多大点儿事,"顾朝骋把谢之遥高高举起的胳膊按下,"我信你了,行吗?"

谢之遥看着顾朝骋,小心翼翼地问:"是不是有谁这样说过您哪?"

顾朝骋一边吃着水煮鱼片,一边回答:"相亲对象。"

谢之遥代入感过强,立刻气呼呼地替顾朝骋打抱不平:"那是她们不懂!吃饭是一件多么幸福的事情啊!对美食最大的尊重难道不是把它们吃得一点儿都不剩吗?如果吃都吃不饱,那要那些浮夸的仪式感有什么意义呢?"

顾朝骋怔了怔,半晌才说:"嗯,我也这么想。"

谢之遥傻呵呵地笑。

过了一会儿，排骨粥上桌，谢之遥给顾朝骋盛了一小碗。顾朝骋先是拒绝，但后来还是接过去，两三口就解决了。

谢之遥咬着小汤匙，忍不住"扑哧"一声笑出来。

吃完之后，谢之遥去结了账，回来时拿着几个小塑料袋，说："我打包一点儿剩菜给我宿舍楼下的流浪狗。"

顾朝骋点头，主动帮他撑着塑料袋，等他从汤里大海捞针似的找肉装进去。

打包好东西后，谢之遥还邀请顾朝骋去他公司宿舍楼下看猫猫狗狗，但顾朝骋拒绝了。

回到家的时候，顾朝骋脱了西装外套，想要给顾沉白打电话，但看了一眼时间，已经凌晨一点，又放弃了。

临睡前，他又想起了誉封路上的那个画面，但这次站在斑马线上的人，不再是十五岁的顾沉白，而是那个笑起来有酒窝，还总是活蹦乱跳的谢之遥。

谢之遥在回去的路上就有些兴奋过头，此时正捂着心脏一级台阶一级台阶地往宿舍爬。经纪人从楼上下来，看到他魂不守舍的模样，便问他："你做贼呢？"

谢之遥慢半拍地摇头道："没。"

谢之遥回到宿舍后，吴柯还没睡，在和他新认识的女孩儿视频通话。见到谢之遥回来，吴柯连忙把手机换了一个方向，生怕镜头拍到谢之遥。

谢之遥不在乎吴柯在做什么，正为自己交到新朋友而开

179

心不已，怀揣着满心的喜悦去洗漱，一边刷牙，一边哼歌，上床后很快就睡着了。

　　谢之遥没想到这么快就能再次见到顾朝骋。

　　他所在的男团这天下午要在盛河大厦开粉丝见面会，而盛河大厦归华晟集团所有，更巧的是，顾朝骋这天正好来这儿视察工作。

　　谢之遥听见这个消息之后立刻开心得一蹦三尺高，飞快地跑去化妆间，收拾了半天头发。

　　顾朝骋是在谢之遥上台前来到活动场地的，经纪人和活动主办方听到他来，赶紧殷勤地跑来招待。谢之遥想趁乱挤进去，却在半路上被经纪人拉开。经纪人斥责道："谢之遥，你知道里面坐着谁吗，就在这儿乱闯？"

　　谢之遥动了动嘴唇，试探地问："是顾总吧。"

　　"你也知道哇？那你跑来做什么？"经纪人把他往台上轰，"快给我排练去。"

　　谢之遥像霜打的茄子一样，蔫蔫地往台上走，可还没走到一半，就听到身后有骚动。

　　原来是顾朝骋在一群人的簇拥下走出来了，经纪人在他旁边殷切地介绍道："我们这个团虽然名气低了点儿，但是作品的质量还是很高的。顾总，您如果有时间，可以看看他们的表演，或者可以让他们给您介绍一下我们的情况。"

谢之遥立刻原地"复活",转过身来,眼睛直直地盯着顾朝骋,嘴角扬到天上,手藏在袖子里飞快地摆动,和顾朝骋打招呼。

顾朝骋果然看到谢之遥了,可他的视线在谢之遥的身上停了几秒,又不动声色地移开了。

经纪人见谢之遥站得最近,又知道他会说话,就朝他招手道:"之遥,你过来,跟顾总讲讲我们团的情况。"

谢之遥刚往前走了一步,就听见顾朝骋说:"旁边的那个男孩儿,你来吧。"

谢之遥一瞬间如坠冰窖,怔怔地望向顾朝骋,可顾朝骋没有看他。

吴柯站在谢之遥的旁边,在确认顾朝骋喊的是他之后,立刻迎了上去。

后来的事,谢之遥恍恍惚惚的,记不太清了。只是都到晚上八九点了,吴柯还没回来,谢之遥也不想回宿舍,就站在楼下对着正在沉思的小猫说话。小猫不理他,但小狗迎了上来,谢之遥有些鼻酸,点了点小狗的鼻子,叹了一口气,说:"叫你自作多情,叫你自作多情,尴尬了吧,人家根本没把你当朋友。"

吴柯这辈子都没受过这种窝囊气。

他的长相在圈里虽说算不上数一数二,但好歹也是队里的"门面担当",想要和他交好的人能从他们公司楼下排到西大街……可顾朝骋竟然全程无视他!

顾朝骋把他带去餐厅,菜一上来就开始吃,一句话都不跟他说,吃完了就让司机把他送回去,好像在完成一个极不情愿的任务。

"这人有病吧?"吴柯一想起顾朝骋闷头吃饭的样子,就一阵无语,"好歹他也是华晟集团的总裁,怎么一点儿格调都没有?"

吴柯吐槽着走到宿舍楼下,看见谢之遥蹲在角落里逗猫,走近了又听见他絮絮叨叨地自言自语。

吴柯本来不想和谢之遥打招呼,但谢之遥一转头就看见了他,倏地起身问道:"你回来啦?"

"你待在楼下干吗?"

谢之遥藏起小心思,答道:"喂猫呢。"

吴柯觉得谢之遥简直无药可救,懒得搭理谢之遥,径直往电梯口走去。但谢之遥从后面跟上去,支支吾吾地问:"怎么……怎么回来得这么晚哪?"

"关你什么事?"

谢之遥哑口无言,正为难地想着该怎么从吴柯的嘴里套话,就见旁边有几个公司里的艺人走过来,他们看见吴柯便夸张地和他打招呼。

"哎,吴柯,顾朝骋今天都带你做了些什么?"有人问。

谢之遥连忙竖起耳朵。

"就简单地吃了顿饭，"吴柯撩了撩头发，微笑道，"顾总这人还挺风趣的，给我讲了很多他过去的故事。"

"哎，我听说好多人想接近他，他完全不搭理的。"

吴柯掩着嘴笑道："啊，这个我就不知道了。"

周围人立刻怪笑起来，一半真一半假地捧着他。

只有谢之遥没有笑，他低着头站在电梯的角落里，愣愣地看着自己的脚尖。

原来……顾朝骋还有这样的一面哪，木讷和直白是假的，不屑跟他多交流才是真的。

回到宿舍，吴柯洗了个澡，出来的时候，谢之遥已经裹在被子里了。吴柯忽地想起一件事，走到客厅，从外套里拿出一个东西，然后回卧室，远远地扔到谢之遥的床上。

"顾总让我带给你的。"

谢之遥有些蒙，拿起来才知道是他的便笺本。

他掉在宴会后台的，顾朝骋竟帮他捡起来了，还托人还给了他。

"你和他认识？"

谢之遥不知道该怎么回答，只说："那天在路上救我的，就是顾总。"

吴柯诧然，半晌后挑了一下眉，说："哦。"

"怎么了？"谢之遥揪住被子，紧张地问道，"顾总说什么了吗?"

吴柯摇头道:"没有哇,他什么都没说,只是托我把这个带给你。"

谢之遥失望地点了点头,愣了一会儿,起身下床,决定出门散散心。

晚上十点多的时候,谢之遥走到誉封路的路口,远远地看见昏黄的灯光下,顾朝骋穿着一身笔挺的西装,正目不斜视地往另一头走。谢之遥直接追了上去。可能是因为他太过激动,脚步太重,在他离顾朝骋还剩几米时,顾朝骋突然停了下来,转过身来。

谢之遥来不及停下脚步,于是就这么眼睁睁、直愣愣地撞到了顾朝骋的胸口上。

顾朝骋的下巴被这个不知道从哪里冒出来的人撞得生疼,恼火地拎起谢之遥的后领打算教训他时,却见他捂着自己的脑门儿,眼泪汪汪地抬起头,带着哭腔说:"好疼啊。"

顾朝骋一瞬间忘了自己本来要做什么,松了手,拉开谢之遥的胳膊,检查他的额头:"没事吧?"

"肯定鼓包了,"谢之遥哭着说,"我要毁容了!"

"没鼓包。"

"等会儿就鼓了!"

顾朝骋也不敢乱动了,莫名其妙地带着肇事者的心虚说:"那怎么办?我给你去买药?"

谢之遥过了几分钟才缓过来，自觉刚刚的娇气模样丢人，背过身擦干眼泪，转头冲顾朝骋道歉："对不起，顾先生，我不是故意撞你的。"

顾朝骋跟不上他的情绪转变，问道："你还疼吗？"

"好多了。"谢之遥摇了摇头。

"对不起，顾先生。"谢之遥又说。

谢之遥这副温顺的模样让顾朝骋有些发蒙，他低头看了一眼谢之遥，说："没事就行。"

顾朝骋转身要走，谢之遥拉住他的袖子，又问："顾先生，我可以请你吃饭来赔罪吗？"

"不用。"

谢之遥失落地松开了手，说："哦。"

他看着顾朝骋转身离开，顾朝骋走路时后背总是挺直的，显得高大稳健，但不知道是不是谢之遥眼花，他总觉得这会儿顾朝骋的脚步比之前快了一些。

回到宿舍，他拿冰袋敷了一晚上额头，第二天醒来时，又第一时间爬到镜子前，看有没有鼓包。

"万幸，万幸，没有毁容，"谢之遥爬回床上，长长地舒了一口气，"不然下午的演出就完了。"

他正欢快地踢着被子，就听见客厅里有人拔高了音量在说话。

"天哪！娱音打歌台的邀请信？邀请我们下个月带着新

专辑去他们那边宣传？！"

谢之遥愣了愣，娱音打歌台是当下最火的音乐频道，按常理来说，他们这个团是不够资格去的。

"哥，这资源是你拉来的？"

经纪人的声音响了起来："不是，我哪有这么大的本事！我也没搞清楚是怎么回事，但我感觉可能是因为吴柯，他上次和顾朝骋吃了饭，说不定是顾朝骋帮他拉了拉关系。"

一群人立刻喧闹哄笑起来，平日里的恶意在即将登上娱音打歌台舞台的激动情绪中消弭不见。

谢之遥趁外面没人了，才落寞地取了一碗狗粮和一碗猫粮，端着下楼。

小猫和小狗很快就闻到味道，围到他身边，用鼻头蹭他的裤管。谢之遥把猫粮倒进去，转身去给小狗倒狗粮，倒完正要伸手摸摸它的脑袋，小狗却灵活地避开了，蹿到碗边"呼哧呼哧"地吃了起来。

谢之遥触景生情，更加悲伤了，骂道："臭小狗，你和那只大笨狗一样！"

谢之遥愤愤地跑上楼，拿起自己的便笺本，准备郑重地写下"顾朝骋真讨厌"几个大字，写到一半又觉得字难看，准备翻到新的一页重写，翻了翻却觉得不对劲。

他放慢速度，一页一页地翻，然后猛然停住。

眼前那一页上，赫然是涂言的签名。

谢之遥记得涂言的签名是什么样的,这张签名是真的。

他呼吸一滞,那几个字怎么也写不出来了。

顾沉白结束了手上的工作准备回家,进了电梯又想起来一件事,于是按了下一层的按钮,去了顾朝骋的办公室。

顾朝骋果然还在加班。

顾沉白敲了敲门,听到里面的人低低地说了一声"请进",才推开门。

"哥,吃饭了吗?"

顾朝骋闻言抬头,严肃的表情缓和了一些,说:"吃了。你要回去了?"

"嗯,言言还没吃饭。"

顾朝骋的脸色瞬间不好了,他摆手道:"行,行,行,你走吧。"

"哥,"顾沉白走上前,笑着问他,"那个便笺本你还回去了?"

"嗯。"

"他有什么反应?"

"谁?"

顾沉白无奈地叹了一口气,说:"本子的主人哪。"

"哦,我不知道,我托他的室友帮忙还的。"

顾朝骋说完就一本正经地望着顾沉白,好像听不懂顾沉

187

白话里的意思。

顾沉白被气笑了,说道:"我可是冒着很大的风险给你要来了签名。"

"明星签名有什么大不了的。"顾朝骋顿了顿,视线重新聚焦到电脑屏幕上。

顾沉白好心帮他,这人还不领情,顾沉白无可奈何地说道:"等人家变成大明星了,可就没工夫陪你聊天吃饭了。"

顾朝骋僵坐了几秒,在顾沉白快要出门之前喊住他:"沉白,明星也不是都像涂言那样的,对吧?"

顾沉白笑出声来,问道:"涂言怎么着你了?你这么怕他?"

"我嫌他烦、闹腾、说话伤人。"

"那你交朋友就找脾气好的、会说话的。"

顾朝骋怔了怔,没回答。

顾沉白说完后便关上门离开了。

谢之遥现在的心情很复杂。

他不懂为什么顾朝骋会帮他要来涂言的签名,顾朝骋不是不屑和自己交朋友吗?

他今晚本来还想去誉封路晃荡,可经纪人不准,经纪人说他最近练舞很懈怠,态度不端正,让他一个人在舞蹈教室里好好练习。谢之遥气呼呼地塞了一嘴的饭,决定等一下消耗多少就先吃多少。

正好这时候吴柯从外面回来了,经纪人本来也想骂他,可又想起他和顾朝骋交好,不敢轻易和他动怒,便神色殷勤地问:"柯,最近顾总和你联系过吗?"

吴柯愣了愣,眼珠转了转,说:"没怎么联系,他说他最近工作忙。"

经纪人有些失望,但还是笑着说:"你可以试着主动联系他。"

吴柯无所谓地点点头,换了鞋往房间走去。

谢之遥吃完饭就飞奔到舞蹈教室,练了几十遍舞,又按照经纪人的要求,拍了视频发给策划组,让他们帮忙发微博,然后赶在晚上十点前冲到誉封路,站在路口伸长了脖子朝两边看着。

可他等了两个多小时都没有等到顾朝骋。

他哪里知道,这天早上,顾朝骋就坐飞机去澜市出差了。

谢之遥被凌晨的风吹得连打了三个喷嚏,然后哆哆嗦嗦地跑回了宿舍,连澡都没洗,就钻进了被窝。

第二天早上起床的时候,闹铃响了半天,谢之遥听见了,可迷迷糊糊地睁不开眼,还是朗哥走过来喊他,又伸手摸了摸他的额头,才知道他发烧了。

谢之遥正神志不清地捧着朗哥给他冲的药大口大口地喝,经纪人来敲门,告诉他们:"今天去澜市,有一个综艺节目在那边拍摄。"

谢之遥的身体一向很好，感冒都是一年一次的，记忆里还没有经历过这样"病来如山倒"的情况，他喝了药，静静地想了想，觉得这场高烧来得这么突然和严重大概还有情绪低落的缘故。

强撑着上了一天节目，谢之遥觉得自己就要散架了，差点儿在化妆间里晕过去。朗哥把房卡递给他，让他快点儿回房休息，不要参加晚上的聚餐了。

谢之遥本来就对聚餐没兴趣，这话正遂了他的意，于是接过房卡就走。

"1808……"他进电梯前看了一眼房卡号，出了电梯就顺着墙上的指示箭头往房间走去。

到了目的地，谢之遥拿起房卡在感应处刷了两下，竟响起错误警示声。

"咦？"谢之遥觉得奇怪，把卡翻了个面，又刷了几下，门还是没开。

他正疑惑着，准备再试，面前的门却自己打开了。

里面站着一个陌生的男人，身材高大，穿着精致的睡袍，但眉间似有不耐烦之色，眼神也传达出不善的信号。

"你是谁？"

谢之遥打了个寒战，这才反应过来自己走错了房间，连忙弯腰道歉，正要离开时却被那人捉住了手腕。

"敲错门了,只说几声'对不起'就行了?"

"你干吗?"

那人的力气很大,谢之遥的手腕被捏得生疼,可惜他浑身酸软,怎么使劲也挣脱不开。他吓得魂儿都没了,喊了两声"救命"。

"杨总,你是不是喝醉了?"就在这时,顾朝骋的声音在谢之遥的耳边响了起来。

如神兵天降,谢之遥愣怔了片刻,突然就不怕了。

男人愣住,抬头看见是顾朝骋,立即松了手,喊道:"顾总?"

顾朝骋把谢之遥拉到身后,面色冷漠地对那个男人说:"杨总既然喝醉了酒,还是早点儿睡吧。"

男人瞥了一眼谢之遥,又看了一眼顾朝骋,随即了然,讪笑道:"是,是,是,酒劲儿上来,认错了人,还以为是我朋友呢。"

他觍着脸向谢之遥道歉。谢之遥缩在顾朝骋的身后,不说话也不回应。

顾朝骋把谢之遥带走的时候,那个男人虽然还是笑着,但嘴角很明显地抿了下来。

"顾先生,怎么办?"谢之遥有些后怕,跟在顾朝骋的身后,紧张地问,"他会报复你吗?"

顾朝骋不言不语地把谢之遥带到自己的房间门口,开了门让他进去,然后嘱咐他:"你先待在这里,我等会儿过来。"

谢之遥逃过一劫,视顾朝骋如水中的浮木,自然他说什么就是什么。

顾朝骋出去之后,谢之遥就坐在沙发上惴惴不安地等着他。十几分钟之后,顾朝骋回来,一进门就对上了谢之遥仓皇的眼神。

"别怕。"顾朝骋下意识地说。

谢之遥的眼泪在眼眶里打转,顾朝骋迟疑地走了过去。

"别怕,我都处理好了。"顾朝骋又说,"我找酒店要了监控,他不敢找你算账的。"

谢之遥抽了抽鼻子,顾朝骋以为他还在怕,大脑飞速地运转,想着还有什么安慰人的话能说,就听到谢之遥带着哭腔愤愤不平地说了一句:"那你帮我报仇了吗?"

顾朝骋想:我刚刚联系了法务,结束了和那人的公司的续约工作,这个算不算报仇?

"你是想让我揍他一顿?"

谢之遥想点头,但又觉得自己的要求有些过分,自己是什么身份。他都不知道顾朝骋记不记得他的名字,而那个人看上去和顾朝骋应该是商业伙伴,应该是不能得罪的。

谢之遥的拳头刚攥紧,又松开了,他说:"算了。"

顾朝骋想起门还没关,欲转身去关门,谢之遥以为顾朝骋真的要去揍那个人，慌了，连忙抱住顾朝骋的胳膊，求道："不打架，不打架，我不要你受伤……"

顾朝骋触碰到谢之遥的手，诧然道："你身上怎么这么烫？"

"我发烧了！"谢之遥把口袋里的袋装感冒冲剂举到顾朝骋面前。

顾朝骋突然大脑短路，抢过谢之遥手里的药，把他拦住，局促地说："我……我给你冲。"

谢之遥就这么莫名其妙地躺到了床上，然后看着顾朝骋不知道从哪里搞来了一张移动餐桌放到床边，再把搅拌好的感冒药端到他面前。顾朝骋的行为一派自然，好像他们两个人是相识很久的好友。

"吃饭了吗？"

谢之遥捧着碗说："没有。"

"想吃什么？我帮你点。"

谢之遥被热气熏得浑身发热，把脸埋在碗里，回答："我不挑食的。"

"那我来点？"

谢之遥点头道："好。"

顾朝骋走到客厅，给秘书打了个电话，报了几个菜名，让秘书尽快吩咐酒店后厨送上来，又回到卧室里。

"顾先生，"谢之遥低着头，语气突然又低落起来，"你还记得我的名字吗？"

"记得，谢之遥。"

这是顾朝骋第一次连名带姓地喊他，谢之遥揪了揪被子，又说："那……那你也只是知道我的名字吧，对我并不了解，毕竟我们才见过几次面，其实我们也和陌生人差不多。"

谢之遥见顾朝骋不说话，还以为是自己越界了，放下碗，小心翼翼地问："顾先生，我是不是打扰您了？"

顾朝骋回过神来，接过谢之遥的碗，说："没有。"

顾朝骋站在床边天人交战了几分钟，决定捡起刚刚没说完的话头继续说："我不是只知道你的名字，还知道你今年二十一岁，是祁贺的工作室的艺人，你所在的舞团叫AGT。"

谢之遥撇了撇嘴，心想：这算什么了解？！这不是我告诉你的吗？你一点儿都不想主动了解我，而我早就上网把你的资料查得一清二楚，并且倒背如流了好吗？

"哦，那只能证明我们是半个陌生人。"

顾朝骋又没声音了。

他现在好想打电话向顾沉白求助，求顾沉白教他一些聊天技巧。

良久沉默之后，谢之遥的声音在房间里轻轻地响起："顾先生，其实如果不知道说什么的话，可以不用说的，我只是想和你聊聊天，又不是在审问你。"

谢之遥翻过身来，拍了拍床边，说道："顾先生，我想和你聊聊天，好吗？"

顾朝骋的喉咙一紧，他只慌忙地看了一眼床上的人，便局促地坐下来，又怕压到谢之遥的腿，挪了好几个位置才坐定，完全忘了这是他的房间、他的床。

"顾先生，我没想到能在这里遇到你，你是来这里出差的吗？什么时候回去？"

"工作结束就回去。"

谢之遥凑近了一些，明明房间里只有他们两个，但他还是压低了声音，紧张地问道："刚刚那个男人和你有生意上的来往吗？你让他难堪了，他会不会报复你呀？"

"不会，他不敢。"

谢之遥听到这话后突然弯起嘴角说："好酷哇。"

顾朝骋的身子又僵硬了一些。

"我听吴柯说，你为人很风趣，是真的吗？"谢之遥说着说着声音越来越小。

顾朝骋蹙眉，疑惑地问："谁是吴柯？"

"就是你上次在盛河大厦见过的那个男孩儿呀，他是我的室友，你不是和他吃了饭，还给他讲了好多你以前的事情……"谢之遥嘟囔道，"装什么傻！"

"我不知道他的名字，我只和他吃了饭，没和他说话。"

谢之遥睁大了眼睛，将信将疑地问："怎么可能没说话？！你们下午四点多离开的，他晚上八点半才回宿舍，四个多小时的时间里你们一句话都没说吗？"

顾朝骋仔细地回忆了一下，然后理直气壮地点头道："对呀。"

谢之遥噎住，这种事对顾朝骋来说，好像也不是没可能。

"哦，我就是托他把便笺本带给你，其他的没说。"

谢之遥又笑了，说："我看到签名了，谢谢你。"

"不用，其实不是我……"

顾朝骋刚要说话，就听见门铃响了，大概是晚餐到了。他起身去开门，出卧室时竟有种松了一口气的感觉。大门一开，走廊的风溜进来，灌进顾朝骋的衬衫领口，顾朝骋这才发现，自己的颈后出了一层薄薄的汗。

酒店服务生把推车推进来便离开了，顾朝骋问谢之遥想在外面餐厅吃还是在床上吃。

谢之遥本来想说他可以去餐厅，但话还没说出口，就打了一个响亮的喷嚏。

顾朝骋于是把菜端到他事先准备好的移动餐桌上，又把碗碟摆到谢之遥面前。

"顾先生，你怎么这么会照顾人呢？"谢之遥觉得奇怪，顾朝骋不管是身份还是性格，都不像是一个会服侍人的主。

"我之前照顾了我弟弟好几年，就养成了习惯。"

谢之遥愣了愣，想起在宴会上看到的传闻中的顾二少，虽然外形优越，但右腿似乎有些问题，走路时需要拄着手杖。

这样的事情，谢之遥不敢多问，他噤了声，接过顾朝骋递过来的筷子，乖乖吃饭。他刚喝了一口汤，见顾朝骋站在旁边一动不动，便伸手拉住顾朝骋的袖子，把顾朝骋往床边拽，说："你陪我一起吃嘛，这么多，我怎么吃得完？"

顾朝骋拒绝的话被淹没在嗓子里，他还没来得及说什么，手上就被塞了一只碗。

"我一点儿胃口都没有，你现场表演'吃播'给我看嘛。"

顾朝骋觉得这话有点儿侮辱自己，刚要发火，就看到谢之遥捧着粥碗，一边皱着眉头，一边小口小口地吞咽，火突然就熄灭了。

"吃得这么少，怎么可能不生病？"顾朝骋边说教着边拿起碗，然后敬业地做起了"吃播"。他本来已经吃腻了这家酒店的菜，但不知道是不是换了厨子，这天的饭菜竟然好吃了许多。

谢之遥捧着碗笑，在顾朝骋望向他之前连忙低头继续吃。

"啊，好饱，热得我出了一身汗。"谢之遥摸着自己圆圆的肚子说。

顾朝骋把餐桌推到一边。他脱了西装外套，上半身只穿了一件黑色衬衫，没有系领带，衬衫的垂感和质感都很好。

谢之遥盯着顾朝骋，脱口而出道："我队友他们去聚餐了，可能要很晚才回来。"

顾朝骋有些反应不过来。

"我今晚可能要早睡，我怕他们回来的时候吵到我。"谢之遥补充道。

顾朝骋顿了几秒，然后别开视线，勉强维持声音平稳："那……那你睡我这里吧。"

"那你睡哪里呀？"

顾朝骋说："我再去开一间房。"

谢之遥"嗯"了一声。

"我要回去拿换洗衣服。"谢之遥突然想起来。

顾朝骋说："好，我陪你。"

谢之遥穿上外套，从兜里摸出卡，举到顾朝骋面前，说："我之前看错了，上面是'1308'，我看成'1808'了。"

"下回别再看错了。"顾朝骋帮谢之遥按了电梯楼层，语气很严肃。

谢之遥点头如捣蒜，举起三根指头发誓："绝对不会了！"

他们走到谢之遥的房间，其他人还没回来，谢之遥拿出一套换洗衣服和洗漱用具，就跑出了房间，差点儿撞到顾朝骋。

顾朝骋扶住他，从他怀里接过东西，拉着他回房间，又给他冲了一杯退热药。

谢之遥最怕吃药，于是趁顾朝骋不注意，钻进浴室洗澡去了。

顾朝骋端着药碗在浴室外敲门,催谢之遥出来。谢之遥衣服都脱一半了,没办法,只好又穿上,苦着脸慢吞吞地开门,满眼怨气地盯着顾朝骋。顾朝骋这时候才想起摆出一点儿总裁的架势来,直接把碗递到谢之遥的嘴边。谢之遥反抗无效,只好就着顾朝骋的手"咕嘟咕嘟"地喝完了一整碗药。

顾朝骋满意地帮他关上了浴室门。

等谢之遥泡完澡出来,顾朝骋正在外面的书桌上用笔记本电脑看文件。谢之遥不敢打扰他,拿了手机蹑手蹑脚地回到床上自己玩去了。

半个小时之后,顾朝骋处理完事情,关了笔记本电脑。

谢之遥在床上百无聊赖地刷着微博,突然听到顾朝骋的脚步声往卧室这边逼近。

"好点儿了没?"顾朝骋走过来,拿起床头的电子体温计,给谢之遥测了温度,"三十六点五摄氏度,降下来了。"

刚洗完并且吹干头发的谢之遥像一只毛茸茸的小动物,两只手摆在胸口的样子尤其乖。

顾朝骋移开视线,低声说:"那你早点儿睡,我就在隔壁,有事喊我。"

"可我还没有你的电话呢!"谢之遥很委屈。

顾朝骋掏出手机,打开通讯录,然后递给谢之遥。谢之遥飞快地按下自己的电话号码,几秒钟后,铃声响起,谢之遥这才露出笑容。

顾朝骋觉得自己一刻都待不下去了,正准备走时,谢之遥又喊住他:"顾先生……"

"嗯?"

"我有一个请求,我知道很过分,你如果不愿意,可以拒绝我的。"

"你说。"

"你能不能在这里等我睡着了再走哇?你这个房间太大了,我一个人害怕。"谢之遥露出可怜巴巴的表情,"我入睡很快的,最多十几分钟,好不好?"

顾朝骋下意识地说:"好。"

谢之遥显而易见地开心,在床上扭了起来。

顾朝骋把他按住,说:"快睡。"

谢之遥的嘴角高高地翘着,他勉强控制住,闭上眼,说:"睡了,睡了。"

谢之遥本来以为自己会兴奋得睡不着,但可能是生病的缘故,大脑活跃了几分钟后,他竟然很快就进入了深度睡眠之中。

等谢之遥睡着了,顾朝骋帮谢之遥掖好被子,然后轻轻地走了出去,关灯离开。

谢之遥睡了这个月以来最沉最香的一次觉,醒来时还迷迷糊糊的,不知身在何处。但他很快想起这是顾朝骋的房间，拉过被子紧紧地包住自己，直到听见手机铃响。

朗哥给他打电话，问他："之遥，你在哪里？"

谢之遥吓了一跳，思维迅速回归："我……我在外面跑步呢。"

"哦，那你快回来吃早饭吧，早上的录制八点半开始。"

谢之遥给顾朝骋发了短信，然后就收拾好自己的换洗衣物，离开了顾朝骋的房间。

谢之遥和朗哥睡一间房，回到1308房时，朗哥正在穿鞋。朗哥看见谢之遥，指了一下整洁如新的床，问谢之遥："你昨晚是不是没在这里睡？"

谢之遥见躲不过，只好承认："嗯。"

"那你在哪里睡的？"

"一个朋友那里。"谢之遥回答。

下楼吃早饭的时候，吴柯正好坐在谢之遥的对面，谢之遥因为顾朝骋的话突然有了底气，抬头挺胸的，丝毫没有前几日畏畏缩缩的样子。吴柯奇怪地看了他一眼。

快吃完的时候，有一个陌生的男人突然走到他们的桌前。

经纪人起身迎他："周先生，您怎么来了？"

谢之遥后来才了解到，这位周先生是华晟集团澜市分公司的负责人。

周先生和经纪人简单地打了招呼，然后就问："谁是谢之遥？"

谢之遥不明情况，举起了手。

周先生走过来，把手上的小袋子送到谢之遥面前，说："谢先生，顾总让我嘱咐你，要按时吃药。"

一桌人的目光迅速汇集到谢之遥的身上，尤其是吴柯，他是第一个反应过来"顾总"是谁的人，因为他始终记得，顾朝骋对他说过的唯一一句话就是"麻烦你帮我把这个交给谢之遥，谢谢"。

谢之遥起身接下袋子，道了谢。

周先生走后，团里的一群人围着谢之遥问东问西，尤其是朗哥，按着他的肩膀，问他怎么认识顾总的。谢之遥一概没回答，只是抱着手里的小袋子傻兮兮地笑。

上节目之前，吴柯拉住他，一脸愠色地盯着他，问道："你不是最不屑结交那些人的吗？"

谢之遥像听了一个天大的笑话，说："跟你有什么关系！"

吴柯瞪大眼睛，说不出一句话来。

有了顾朝骋的联系方式的谢之遥火速加上了顾朝骋的微信，然后时不时地就给顾朝骋发消息。

"顾先生，你在干什么呀？"

"顾先生，我刚刚练完舞，浑身酸痛。"

"顾先生，我妈妈今天打扫卫生时突然翻出来一张我小时候的照片,我给你看!我可不可爱?我在幼儿园的时候可都是靠脸赢小红花的。"

"顾先生,我想喝奶茶,但经纪人不让。"

"顾先生,我不想叫你顾先生了。"

顾朝骋回这条消息回得很快:"那你想叫什么?"

谢之遥捧着手机,回复道:"你想让我叫你什么呀?"

"哥哥?顾大哥?太土了!"谢之遥迅速否决掉这些俗气的称呼。

他又问:"我们现在是不是朋友啊?"

顾朝骋隔着屏幕都觉得紧张,回道:"是。"

"我想叫你顾朝朝。"

顾朝骋看着那三个字中后面的两个叠字,一时没有反应过来。

"好不好?这样显得多亲近哪。"

顾朝骋没有说好,也没有说不好。

"你也这样喊别人吗?"

谢之遥发来一个小人儿举手发誓的表情包,言辞恳切地说道:"除了我爸爸妈妈,我只这样喊过你。"

"你不说话我就当你同意啦!晚安,顾朝朝。"

顾朝骋觉得他每次和谢之遥在一起,都会无端地小几岁。

谢之遥说他即将上娱音打歌台,这是他出道以来上的最

203

大的舞台。

顾朝骋问他紧不紧张，谢之遥哼哼唧唧了半天，然后老实说："紧张的，顾朝朝，我现在太'糊'了，就是舞跳不好、歌唱不好，也没人在意，可是要是以后喜欢我的人多了，骂我的人也会变多的。"

"谁敢骂你？"

谢之遥笑道："怎么？你要请我做代言人吗？"

顾朝骋听不懂，也分不清谢之遥是不是在开玩笑，还以为谢之遥是真的紧张、害怕，就清了清喉咙，问他："你想我请你做代言人？"

谢之遥"扑哧"一声笑出来："我开玩笑的，我'咖位'可不够，还要继续努力。"

顾朝骋说："你需要我帮你什么？你告诉我就好。"

谢之遥突然不笑了，半天没有说话，就在顾朝骋以为谢之遥睡着了，准备结束视频通话的时候，谢之遥的脸突然又挤进镜头，他没有看顾朝骋，声音也小小的，说："好。"

又过了几天，谢之遥和团队一起出发去娱音打歌台，让他没有想到的是，他竟然在节目现场见到了顾朝骋。顾朝骋和导演坐在落地窗前喝咖啡，见到谢之遥一行人进门，他的视线停留了片刻，又收了回去。

谢之遥趁着其他队员还在化妆的工夫，把顾朝骋拉到了无人的楼梯间里。

顾朝骋说自己来洽谈广告的事情，谢之遥眉眼弯弯地看着他，说："别欺负我没文化，广告业务还需要总裁亲自来的吗？"

顾朝骋的脸色僵了僵，但他没忘记自己此行的唯一目的，拍了一下谢之遥的肩膀，告诉谢之遥："你好好表演，其他的不用管。"

谢之遥鼻头酸酸的，用玩笑掩饰欢喜情绪，说道："啊，被大佬罩着的感觉真好哇！"

他们从楼梯间推门出去，正好碰上吴柯。吴柯在看到谢之遥身后的顾朝骋时，愣在了原地，但很快又低下头快步离开了。

因为有了盼头，时间的流速突然变得很快。

这天，顾朝骋回到家时，收到顾沉白发来的消息："哥，后天是你的生日，记得回家，我们帮你过。"

顾朝骋愣了愣，他都忘了后天是他的生日。

生日那天，顾朝骋忙完手上的工作，驱车从华晟回到父母家。他停好车后走到门口，敲了敲门，本来以为会是保姆来开门，结果门一打开，里面站着的是涂言。

二人对立无语。

两秒钟后，涂言做作地说："早知道就不来开门了。"

"……"

顾朝骋的眼皮抽了抽，他决定不要浪费今天的好日子和涂言一般计较。

顾沉白在厨房里给顾朝骋做他爱吃的菜，涂言"噔噔噔"地跑过去，偷了一根黄瓜条，然后抱胸站在顾沉白的旁边，不解道："顾朝骋有问题，他竟然不和我吵！"

顾沉白无奈道："你就这么喜欢和他吵？"

"哼！我就喜欢看他吃瘪。他今天怎么了，竟然完全不搭理我？"

顾沉白放下手里的刀，转过身倚在橱柜上，坏笑道："他变了。"

"木头人竟然会变！真是世界第九大奇观！"涂言恶狠狠地咬了一口黄瓜，装作不服。

顾家二老和顾老爷子都来了，一家人围在一起说说笑笑，吃到晚上九点，顾老爷子撑不住了，摆手说要回去睡觉。顾朝骋要把老爷子送回去，拿过沙发上的手机，正准备打电话给司机时，才发现有三个未接来电，还有七八条未读消息。

顾朝骋迅速想到那个人。

他一点开消息，果然不出所料，是谢之遥发来的。

他正为难地看着老爷子，顾沉白走过来，瞥了一眼他的手机，问他："怎么了？"

"有个朋友……"

顾沉白一听这话，就笑着推他道："你快去吧，爷爷我来送。"

顾朝骋如蒙大赦，拿起外套就走。顾家父母疑惑地看着他的背影，嘀咕道："这是怎么了？"

顾朝骋赶到誉封路路口的时候，谢之遥还蹲在指示牌下，可怜兮兮地揪着蛋糕盒的丝带玩。谢之遥抬起头，看见不远处的顾朝骋，原本无神的双眼立刻亮了起来，随后"噌"地一下站了起来。

"顾朝朝，我等你好久好久了，"谢之遥委屈地说，"等得我发型都乱了，冰激凌蛋糕也化了。"

顾朝骋说："对不起。"

"我本来想给你一个惊喜，就没告诉你，想着今天中午再跟你说，可是蛋糕店店员把你的名字写错了，我又等了一个下午才等到……"

谢之遥继续说道："我给你打电话你也不接，给你发消息你也不回，我以为你不想理我了。"

说着说着，谢之遥抬起头："我以为是我天天打扰你，你嫌我烦了，讨厌我……"

顾朝骋着急地打断谢之遥的话，说："不会，之遥，我们是朋友。"

谢之遥委屈地说："你真的愿意和我做朋友吗？"

"这句话应该是我来问。"

谢之遥破涕为笑。

顾朝骋重新买了蛋糕，把谢之遥带回家，陪他吹了蜡烛，然后轰他去客卧睡觉。

这天，谢之遥一下节目就打电话给顾朝骋，问他工作什么时候结束。顾朝骋说他有些忙，就让司机去接谢之遥，把谢之遥接去华晟。

司机将车停在谢之遥他们公司宿舍的楼下，谢之遥小跑着下楼，坐进车里后忽然想起一件事，说道："陈哥，麻烦你去誉封路一趟，那条路上有家餐馆的菜口味不错，我帮顾总买份晚餐。"

司机说"好"，很快就将车开到了誉封路。

"对了，陈哥，顾总是喜欢这条路上的哪家店吗？我怎么记得他每次都是步行穿过这条路？"

司机摆了摆手，说："不是，他是有心理阴影，没法儿坐车经过誉封路。"

谢之遥怔住，没有去开车门，而是停下来听司机讲。

"您见过顾家二少吗？"

"见过。"

"他右腿有残疾的事，您知道吗？"

"看得出来。"

司机点了点头，继续说："我听顾家人说，二少的腿伤是咱们顾总不小心造成的，就在誉封路上，是十多年前的事了。顾总一直放不下这件事，每次经过这条路，都会下车步行。他说他没法儿坐着车经过中间的那条斑马线，总感觉坐在车上他就是肇事者。"

谢之遥听完之后，心里怅然若失，甚至隐隐作痛，很想下一秒就见到顾朝骋。

到了顾朝骋的办公室，谢之遥在休息间玩了一会儿手机，等顾朝骋忙完工作，两个人一块儿下楼回家。

司机把车停在地下车库里，谢之遥坐上去，缠着顾朝骋，说他要吃誉封路的关东煮。

顾朝骋自然全依谢之遥。

可等快到誉封路的时候，谢之遥又说不想吃了，催司机快点儿开车回家。顾朝骋的表情突然凝滞了一下，他强装镇定地对谢之遥说："之遥，我们下去走走。"

谢之遥听了这话之后，心头泛起酸楚的感觉来。

他摇头，说："我不想走。"

司机已经将车开到了誉封路的路口，并且打了转向灯，正准备驶进去。顾朝骋整个人都绷了起来，他叫司机停车，手刚摸到车门开关，就被手疾眼快的谢之遥拦住，并按下车门锁。

顾朝骋明显生气了，皱着眉毛要下车，但谢之遥死死地抓着他。

"谢之遥！"

"哎，你别推我，我今天跳了一天的舞，骨头都要散架了。"

僵持之下，顾朝骋很快就猜出了谢之遥的用意，有些自暴自弃地松开手，对谢之遥说："你别这样，我没你想得那么可怜。"

"我就是想快点儿到，我这会儿腰酸背痛的。"谢之遥装作没听见。

"之遥，你……"

谢之遥突然捂住顾朝骋的眼睛，然后飞快地朝司机使眼色，让他快开过去。

谢之遥像哄小孩儿一样，一边捂住顾朝骋的眼睛，一边拍着顾朝骋的背，说道："顾朝朝，我在呢，过去的事情不是你的错，那条斑马线也不是你犯错的证据，它就是一条窄窄的斑马线而已，'嗖'的一声就跨过去了。

"以后有我陪着你呢，顾朝朝，你在我心里是最好的。

"你愿不愿意为我做出这样一点点改变？"

不知过了多久，谢之遥松开手臂，卸下力气，告诉他："顾朝朝，我们走出誉封路啦。"

顾朝骋望着谢之遥的眼神有些迷茫，谢之遥把顾朝骋眼角的泪痕擦去。

"以后我都陪你一起走这条路，别怕。"

谢之遥像一团勇敢又热烈的火焰,席卷了顾朝骋封闭多年的荒芜原野,把他的伪装和恐惧烧成灰烬,然后迎来新生。

那些不与人说的憧憬和期待,都在这个人的身上找到了答案。

"大笨狗。"谢之遥喃喃道。

顾朝骋听了这称呼也不生气,还说:"我确实很笨。"

所以谢谢你,主动闯进我的世界。

谢之遥一直到和顾朝骋很熟了之后,才意识到涂言跟顾家人的关系很好。

他低声尖叫:"怎么办?怎么办?顾朝朝,我要和我的偶像见面了!"

顾朝骋阴沉着脸说道:"这有什么好激动的?你见到他就会立即'脱粉'的。"

顾朝骋刚学了一个词,就天天挂在嘴边。

"才不会!不许你诋毁我的偶像!"

顾朝骋气不打一处来,可是谢之遥凑过来哄哄他,他又觉得没什么了,一个涂言而已,不至于影响他们的友情。但事情比他想象的棘手得多,因为谢之遥见到涂言之后,不仅一点儿"脱粉"的意思都没有,反而更加崇拜涂言了!

"老天,怎么会有人刚睡醒还这么好看哪?!那种清冷的气质,简直和电影里一模一样!顾朝朝,你骗人,你再说我的偶像是'渣男'、神经病,我就打你了!"

这天,谢之遥做了甜点带给涂言吃。涂言故意问:"你为什么和顾朝骋做朋友?"

谢之遥说:"我觉得他的性格很好哇。"

涂言心中一阵恶寒,问道:"你说谁?"

"顾朝骋啊!我就是觉得他的性格很好哇。"

"你不会觉得他喜怒无常,一遇到事情就会很焦虑,而且成天板着脸,像别人欠他钱一样?"

顾朝骋走进客厅的时候就听见涂言这样说,脚步顿住,因为没有听见谢之遥的声音。

他有点儿紧张,甚至是害怕,因为他确实有这些毛病。

可是下一秒,他就听到谢之遥提高了音量说:"我不觉得,没有人是完美的,我也有很多的小缺点,顾朝朝能包容我的小缺点,我也应该包容他的小缺点。而且在我心里,你说的那些都不是他的缺点,是顾朝朝和别人不一样的地方,我没觉得不好。偶像,你以后别这么说了,我会不高兴的。"

涂言和顾朝骋都愣了好久,还是涂言先笑出声来。

谢之遥这才发现顾朝骋。

顾朝骋意识到涂言是故意的,脸色微变,但因为二人结怨已久,他一时磨不开脸,就直接和谢之遥去了门外的院子里。

"顾朝朝,你听见啦?"谢之遥问他。

"嗯。"

"你有什么想说的吗?"

"谢之遥。"

"嗯?"

"谢谢你,小太阳。"

PRODUCTION 夏日少年　SCENE 3　TAKE 11
SCENE A001

番外三　　　　　梦

综艺节目播出之后,顾沉白的身份很快就被挖出来了,网上陆续出现了很多他的信息,包括他初中、高中的照片,听说有几张照片曾经是鸣市一中贴吧的"镇吧之宝"。

那时候华晟集团还没有发展成现在的规模,身为华晟集团的二公子,顾沉白是靠颜值走红的。

其中一张照片是顾沉白和一个同学的合影,十五岁的顾沉白和现在有些不一样,那时候的他剪着清爽的短发,笑起来阳光又帅气,即使穿着简单的校服,也透出一种贵气和自信的感觉。

涂言盯着这张图已经足足二十分钟了,他想:我要是能见到十五岁的顾沉白就好了。

当天晚上,涂言就做了一个梦。

梦里他来到了一个陌生的地方。

齐澜的高跟鞋声由远及近,她把手搭在涂言身上,说:"不是说在之前的那个学校待不下去吗?妈妈给你转到鸣市一中了。"

没等涂言反应过来，齐澜已经带着他走了进去。很快就有学校领导出来迎接他们，殷勤地说："齐女士，令郎的事情我们已经安排好了，班级安排在初一（5）班，我们学校的师资配置优越，生源质量也很高，您可以放心。"

齐澜把书包放在涂言的手上，挑眉问："要妈妈陪你去教室吗？"

涂言心里堵着气，想到齐澜和涂飞宏离婚的事，气鼓鼓地说："不用。"

他拿起书包就走，学校领导带着他来到教室门口，进去后，班主任让他简单地做了一下自我介绍。涂言虽然漂亮，但表情实在太冷，全程都没抬头看同学们一眼，同学们自然觉得他是一个不好惹的硬茬。

班主任暂时把涂言的座位安排在教室中间偏后的位置。他既不管涂言先前过于冷淡的自我介绍，也不管之后台下快要掀掉天花板的喧哗声，直接把教案拿出来，自顾自地开始上课："把书翻到第五十八页，我们接着上次的……"

涂言坐到班主任吩咐的位子上，还没坐稳，同桌就凑过来好奇地问道："你原来是哪个学校的？"

涂言刚要回答，就听见同桌的问题接踵而至："你的成绩好不好哇？你这件衣服真好看，在哪儿买的？你……"

涂言把书包挂在桌边，皱着眉看向同桌还在说个不停的嘴，在心里回忆了一下他之前的问题，说："原来在精成中学，先上课吧！"

"哦，好的！"同桌做了一个"OK"的手势，可还没等班主任在讲台上讲完一句诗，他就又说道，"涂言，我还没跟你自我介绍呢！我叫钱易文，我的成绩可差了，你别笑话我……我觉得你好'高冷'，和老班一样……"

在察觉到涂言不耐烦的视线直射自己的时候，钱易文识趣地闭了嘴，懒散地翻开书，嘴里还嘟囔着："一样凶……"

涂言想：我很凶吗？

也许是吧，反正他不招人喜欢。

涂言适应新环境适应得很快，只是交不到朋友。

自从父母离异的事情被以前的同桌大肆宣扬出去之后，涂言现在真的没办法和任何人产生友谊，变成朋友。

任何亲密的关系对他来说都是悬而未决、充满背叛因子的，他开始有多投入，最后就会有多难过。

他不想和任何人交朋友了。

钱易文掏出一袋零食，递到涂言的面前，说："涂言，这个薯片特别好吃！你尝尝！"

涂言没胃口，也不爱吃零食，摇摇头，说了声"不用了，谢谢"。

钱易文有些失望，又把薯片袋伸到前座，催道："刘潇，吃薯片。"

刘潇戴着一副小圆眼镜，笑呵呵地回头抓了一大把薯片，又拿了一张纸巾铺在底下，一片一片地吃起来。

钱易文撇了撇嘴，说："讲究死了！"

刘潇不好意思地笑了笑。钱易文正准备把薯片袋收回来，却在中途被一个人凌空抢走了。

"哎，小文又带了好吃的，那我就不客气了！"邱翔把薯片包装的封口扯开，直接往嘴里倒。

钱易文暴怒，抓起笔袋就往邱翔的身上砸，嘴上还骂道："邱翔，你是饿死鬼投胎吗？你再敢抢我的吃的，我就拍死你！"

邱翔也不恼，拿着钱易文的笔袋在手上掂了掂，还作势要往钱易文的身上挥。

两个人就这样隔着涂言打闹了起来。

涂言的身体不舒服，他本来中午就有些头晕，现在更是被吵得头疼，但又不想再发一次火，只好小声地阻止道："声音小一点儿好不好？"

钱易文闻言立刻停住了。邱翔本来也想收手，但心里又琢磨着得有人镇镇这个转学生，不然这人还以为五班的学生都是软柿子。

"咱们班就这样，本来就吵闹，有人不想待，请出门左转找老班，不用摆着臭脸，好像谁欠他钱似的。"

涂言知道这话是针对自己的，但懒得反驳，这种时候，他越激动就越让人觉得是恼羞成怒，平淡些反而会让对方像

219

个跳梁小丑。

邱翔见涂言没动静，自觉没趣，只好冷哼一声，把笔袋扔回给钱易文。

齐澜和涂飞宏正在为离婚财产分割的事情吵来吵去。齐澜觉得，按照法律，涂飞宏的股份应该分她百分之五十。涂飞宏则认为分给她的房子和产业已经价值千金了，齐澜简直是狮子大开口……他们从早吵到晚，谁都没有管涂言。

涂言想：我该被分给谁？你们是不是都不想要我？

晚上彻夜失眠，白天他就完全没有精力。

涂言放下笔，俯身趴到桌子上，把头埋在左手臂弯里，之前他从来没有像这样累到不顾形象地趴着。他在原来的班级里，虽说一直孤僻地一个人待着，但因为他家境优越，和周围的人基本上也算相安无事。甚至很长一段时间，他都很喜欢自己这种与世隔绝的状态，没人招惹他，这让他觉得自由。但此时，隔绝被打破了，有人看他不顺眼，正在他的耳边挑衅他。

他想过转学后的日子不会很愉快，但未曾想到刚开始就一塌糊涂。

"沉白，一起走吧！"徐源把包甩到肩上，朝顾沉白喊道。

光是听到这个名字，前排的几个女生就忍不住转过头来。

顾沉白，鸣市一中的风云人物。

聚焦众人目光的少年放下笔，抬头问："去哪儿？"

徐源掩面无奈地回道："阮南轻的生日party（派对）啊！你不记得了？"

顾沉白耸肩，把桌上的几本书塞进包里，无所谓地说道："没忘，你们先走吧，地址发到我的手机上，我晚上会到。"

徐源也没再追问。他从来不问顾沉白不主动说的事情。他跟上去揽过顾沉白的肩膀，突然想到了什么，问："对了，要带着你哥吗？"

"带着吧。"

"哈哈，你哥是小孩子吗？"

"你们对我哥友好一点儿。"

"我们可恭敬了，都是一口一个'朝骋哥'好不好？其实你哥人挺好的，就是脾气太直了，总是冷场。"

"他的性格就是这样。"

"你妈妈是怎么生出你们这两个性格截然相反的儿子的？真神奇。"

顾沉白回头推了一把徐源的脑袋，打断了他的话："啰唆死了，你先走吧。"

"你要去哪儿？"

"班主任让我过去，应该是说竞赛的事情。"

徐源咧嘴笑了笑，说道："那我就先去了，具体位置我待会儿发给你。"

"好。"

顾沉白走出教室的时候，太阳还没落山，橘色的霞光照在整个校园里，把楼墙上的爬山虎染成了温暖的颜色，此起彼伏的喧闹声伴随着打铃声从教学楼涌向校门口，学生三三两两地走出去，融入了缓慢移动的车流，然后各奔东西。

涂言刚出校门，正在犹豫该往哪个方向走。他昨天才撂下狠话说不回去吃晚饭，所以司机今天就没有来接他，他这会儿站在校门口，竟不知道该去向何处。

他不喜欢在学校食堂吃饭，在之前的初中他也申请了免上晚自习，不用在学校吃晚饭。他记得他第一次在食堂吃午饭，食堂都是四人餐桌，他没有同伴，也找不到一张空桌子，再加上他那时都不知道有"拼桌"这么一回事，只好端着盘子站在原地，一直等到有人吃完空出桌子，才开始吃，可那个时候饭菜都凉了，因此涂言对食堂的印象极其不好。

既然不去食堂，那他就只能在外面凑合着吃一顿了。

涂言原先所在的精成中学位置在城南，他家的位置也偏南，他平时又不爱去市中心玩，所以转学之后，就像到了一座新城市一样，寸步难行。

涂言考虑片刻，选了一个人比较少的方向，准备在一中附近逛一逛。

涂言向来喜欢独处，也喜欢这样一个人走在街上，看着两边的行人匆匆忙忙或谈笑风生，配以各形各色的商铺，组成了人间百态。

他忽然想起了小时候，那时的涂飞宏还没有现在这么忙碌，涂飞宏和齐澜的感情也还在最和谐的时期，他们一家三口晚上经常会到街上的饭店吃饭，那也是小涂言最开心的时刻了。走在路上，涂飞宏会抱着涂言，让他认饭店灯牌上的字，涂言当时不爱学字，但只要涂飞宏说"言言能把哪个牌子上的字都读出来，我们就在哪家吃"，涂言立刻精神抖擞，就等着走到肯德基的门口。涂飞宏看透了他想吃油炸食品的小心思，故意绕过肯德基。涂言气得大哭，齐澜就站在一边看着两个人笑。

只要一想起那些画面，涂言就忍不住笑出来。他的记性一向很好，他可以记住很小的时候的事情，特别是这些美好的记忆。这些几乎成了他现在唯一的宽慰。

涂言漫无目的地逛着，路过了很多家店，牛肉汤店、面馆、必胜客、肯德基、寿司店……各式各样的美食餐厅鳞次栉比，可涂言只看了一眼便走过去，不做停留。他晚上向来不爱吃荤的东西，现在只想喝一碗煮得稠稠的小米粥。

可是这条路上竟然没有粥铺。

涂言在心里抱怨了几句，一抬头才发现自己已经走在了一条从未走过的路上。

这条路好像和刚刚的道路全然不同，人烟稀少，路灯也昏暗很多。涂言向后看，发现繁华路上的灯光远到已经缩成了一个点，再向前看，他也看不到这条路的尽头。

身后还隐约传来叫喊声，涂言有些害怕，连忙转身，想按原路返回。

可刚一转身，他就被一个飞奔过来的人撞到肩膀，那一瞬间，涂言绝望地想道，这阵子自己是不是"水逆"，怎么破事一件接着一件？

撞到涂言的是一个瘦高的男人，黑色外套的拉链拉到最上面，遮住了半张脸。那个男人上下打量了涂言一番，然后警惕地望了望周围，见四下无人，便趁涂言不备，直接捂着他的嘴，电光石火间就把他拽进了一条隐蔽的巷子。

"你干什……嗯……"涂言一反应过来就挣脱他的手大声喊道，结果又被这人捂住了嘴。

涂言立刻抬手往他的脸上挥去，却被他用空着的那只手抓住，固定在墙上。

涂言的手背被狠狠砸在墙上，腕骨传来剧痛，他痛苦地挣扎着。

那人凶狠地问道："有没有钱？"

他明显不是惯犯，只会一个劲儿地按涂言的胳膊，让涂言痛到浑身冒冷汗，那人又问了一遍："有没有钱？给我钱，我立即放你走。"

其实涂言有钱，微信钱包里有涂飞宏和齐澜给他打的生活费。

可是涂言在这种时刻，竟然悲哀地想：我就是死在这里了都没有人会知道，也没有人会关心，涂飞宏和齐澜一定会想，太好了，这个小累赘终于消失了。

就在这时候，有人走到了巷子口，发现了巷子里的异样。

涂言含着泪看过去，一眼便愣住了。

英俊挺拔的少年，简单的校服遮掩不住他身上清俊的气质，他微微蹙眉，和涂言的视线遥遥对上。

涂言总觉得自己好像在哪里见过这个人。

荣誉榜还是升旗仪式？

等等，他好像是同学们经常谈起的那个初三的顾沉白。

顾沉白这个时候虽然才十五岁，但身姿挺拔，而且因为经常打篮球，胳膊上已经有了初具雏形的肌肉，挟持涂言的男人自知不是顾沉白的对手，明显紧张了许多。

顾沉白问："同学，你需要帮助吗？"

涂言呆呆的，像是被吓坏了，泪眼婆娑地望着不远处的陌生男孩儿。

顾沉白也不知道为什么，像是读懂了涂言的表情，一言不发地走了过来。男人拖着涂言连连后退，涂言的手被他反拧着，腕骨更痛了。

涂言痛叫了一声。

就在这时候，顾沉白突然伸手，护着涂言的同时，一脚踹在了男人的身上。

顾沉白带着涂言离开巷子，一路往前跑，直到靠近学校大门才停下来。涂言气喘吁吁地蹲下。顾沉白问："同学，你还好吗？"

涂言还是蹲着，把自己蜷缩成一团。

顾沉白见涂言没有回应，只好借着路灯微弱的光凑近看他，这才发现涂言的脸色苍白，头上都冒出了星星点点的虚汗。

涂言从剧痛中回过神来，后知后觉地护住了自己的右手，重心向下，半个身子都弓了起来，发出了很小的抽泣声："疼……"

顾沉白立即蹲下去，便看到了涂言破皮出血的手腕。

涂言泪眼汪汪地抬起头。顾沉白温和地说道："走，我们去校医院。"

又一次来到校医院，涂言很抵触这个地方，站在台阶上不肯进去。

顾沉白停下来看着他，问道："怎么了？"

"我回家了，今天谢谢你。"涂言转身就走。

顾沉白连忙追上去说道："先包扎一下，然后再回家，好不好？"

他对人一向很有耐心，更何况还是对待涂言这样可怜兮兮的小孩儿。涂言此时眼尾通红，鼻尖也是红的，一只手握着自己的手腕，努力忍着眼泪，看起来像一只被遗弃的小流浪狗。

"不要。"涂言不习惯别人对他好，固执地转身离开，"我回家了。"

顾沉白看了一眼校医院，怀疑这孩子是害怕去医院。

顾沉白跑进去买了纱布、棉签和碘酒，然后迅速追了过去。当涂言走到操场边，正情绪低落时，顾沉白已经跑到他的面前，拦住了他的去路。

顾沉白比涂言高很多，眉眼清冷，却带着一种安抚人心的温和气息。

"我又不是坏人，你不用怕我，我是初三（1）班的顾沉白。同学，你呢？"

涂言想要绕过顾沉白，却被挡住了。他低下头，许久之后才小声说："涂言。"

"涂言？好少见的姓氏。"

"初一（5）班。"

"那我就是你的学长了。"

涂言闷闷不乐地站在原地。顾沉白说："我帮你包扎吧？我们不去校医院了。"

涂言猛地抬起头。顾沉白朝他笑，晃了晃手上的纱布、棉签和碘酒，说："放心好了，我打篮球三天两头地受伤，给自己处理伤口已经是家常便饭了，过来。"

顾沉白把涂言拉到操场的观众席上，此刻操场上空无一人，只有几盏路灯。

"先用碘酒消一下毒，可能有点儿疼，忍一忍。"

涂言闭上眼睛，咬住嘴唇。

顾沉白看了他一眼，忍不住笑了，又不忘逗他说话，让他分心："你是初一（5）班的？语文老师是姚蕙，姚老师吗？"

涂言思索了片刻，答道："是。"

"她讲课讲得特别好，是吧？我以前最喜欢听她分析文言文。"

涂言刚要说"是"，就倒吸了一口气，棉签蘸着碘酒按在他的伤口上，尽管顾沉白的动作已经轻到不能再轻，但他还是疼得快要哭出来。

他不想当着顾沉白的面哭，就抽噎着说："我……我不喜欢文言文。"

顾沉白愣了愣，差点儿笑出声来。

"你洗澡的时候记得找保鲜膜包一下，不要沾水。"

涂言低着头不吭声。

"很痛吗？"

涂言突然抬头望向顾沉白，片刻之后，眼泪扑簌簌地掉下来，说："很痛，很痛。"

黄昏收起最后一抹柔光,操场四周的灯亮了起来。

"谢谢。"涂言说。

顾沉白的桌上又被放了一颗巧克力。

就一颗,费列罗榛仁巧克力,被安安稳稳地放在顾沉白的课桌的左上角。

每天一颗,已经三天了。

顾沉白一开始倒没有很意外,从小到大给他送礼物的人不计其数,收到巧克力什么的也是常有的事,只是一般来说,都是一盒巧克力上贴着一张便利贴,上面写满了少女的心意。顾沉白每次在桌肚里看到这些东西,都有些头疼,为此他把桌肚里塞满了书,不留一点儿空隙。如果再有放在桌上的东西,他就托别人原封不动地还回去。

可这一次,就这么简简单单的一颗巧克力被明目张胆地放在桌上,连一张字条都没有附,他想还都还不了,不仅让人一头雾水,还莫名其妙地有些诡异,像是一场恶作剧。

莫名其妙。

顾沉白捏着巧克力球反复看了看,也不敢吃。他叹了一口气,把巧克力放进桌肚里好不容易腾出的地方,不再去管。

"顾沉白,巧克力是怎么回事呀?"徐源贼兮兮地探过头问道。

顾沉白头都没抬,说:"我不知道。"

"啧啧,感觉不像是我们班的人送的。"

顾沉白忽然想到了什么,停下笔问道:"你每天不都来得挺早的吗?你没看见是谁放的?"

徐源每天早上会提前二十分钟到教室里背单词,所以大部分时候,他是第一个到教室里的,要是有人想偷偷地给顾沉白送巧克力,一定会被徐源看到。

"还真没看到,这阵子天冷,我来得也没以前早了,就把钥匙还给了副班长,让他继续开门,早上在我之前来的人我就不清楚了。不过,我这两天倒是老看见一个人在我们班的后门外游荡。"

"谁?"

徐源转头四顾,压低了声音说道:"初一的涂言,你听说过吗?"

顾沉白愣住了,问:"他很出名?"

"因为性格不好出的名,他家挺有钱的,也算是鸣市的名人了,他爸婚内出轨,闹得沸沸扬扬,他在原来的学校待不下去,才转到我们这里的,听说他在新班级里也不招人喜欢。你没见过他,其实他长得挺好看的,不,应该说特别好看,但是不理人就挺讨厌的。"

"不理人怎么了?"

"性格内向可以,但是没必要摆出一副谁都欠他很多钱的样子嘛。"

顾沉白看着徐源一脸鄙夷的样子，觉得胸口很闷。

他想起那天坐在他面前乖乖伸手等着他包扎伤口的涂言，明明像一只可怜的小兔子，哪里像徐源说的这样！

"你别说了，这样说别人不好。"顾沉白打断了徐源滔滔不绝的话。

涂言受了一点儿伤，脸色变得更差了。

上排球课的时候，他没什么力气，再加上手腕的伤还没好，一发力，球就歪歪斜斜地砸向右前方，正好砸在了邱翔的头上。

涂言说了句"对不起"，可邱翔本来就看不惯他，冷哼道："我听不见。"

涂言不说话了。

这下子，梁子就结下来了。

邱翔找来自己的好兄弟，同样家境优越的管南，准备给涂言一个教训。

管南家和涂言家有点儿交情，两个人本就见过面，管南一直看不惯涂言那副高高在上的样子，想着正好趁这个机会教训一下涂言。

就在涂言精神不济，趴在一旁的观众席边小憩时，管南把球砸了过来，正好砸在涂言的肩膀上。

涂言被砸得一下子弹了起来，他的脸睡得红红的，眼睛睁得溜圆，瞧见地上的排球，皱起眉头，卷起袖子就报复回去，可他以一敌二，逐渐败下阵来。

就在涂言被管南抓住衣领，千钧一发之际，有人护住了他。

涂言一抬头，就看到了顾沉白。

顾沉白把他拉到身后，挡在他前面。管南一见到身姿挺拔的顾沉白，立即怂了，左右看了看，收回手往后退了一步。

很快，教导主任走了过来，把邱翔和管南带走了，只留下了涂言和顾沉白。

凉风轻拂，阳光明媚。

顾沉白给涂言递了一瓶水，声音里带着笑意："小学弟，想不到你还敢打架。"

涂言没有接话。

两个人站在观众席旁边，一前一后，旁边的人经过时都斜眼看着他们两个，暗自琢磨着这是什么情况。顾沉白向前走了一步，两个人相隔不到半米的距离，他尽可能地放缓语气说："受委屈了吗？"

涂言扭过头，闷声说："没有。"

"那是你主动惹的事吗？"

"不是。"

"我相信你。"顾沉白笑着说。

涂言沉默了好久，等到下课铃响，突然笑了。顾沉白第一次看到他笑，眼睛半眯着像弯月牙儿，嘴角高高翘着，露出两排洁白的牙齿，肩膀一耸一耸的。

"谢谢你。"

背着光的顾沉白好像被霞光笼罩起来了，光洁的额头，浓密利落的剑眉，挺拔的鼻梁，已经退去少年的稚嫩，渐渐出落成一个青年的模样。

他长得这样好，人又这样好。

有什么话在涂言心里呼之欲出，却被顾沉白抢了先："涂言同学，我们可以做朋友吗？"

涂言怔了怔。

顾沉白又说："不然你还要送多久的巧克力球？"

涂言的脑袋"嗡"的一声，他下意识地否认："不是我。"

"就是你，我一猜就知道了。"

涂言瞥了顾沉白一眼，正好对上顾沉白含笑的眼睛，于是低下头，闷闷地说道："好吧，是我。"

涂言的生活里突然多了一个人。

这个人温柔细腻，善解人意，还很阳光。

涂言的生活在悄然之间有了变化，他开始期待上学，期待第二天在校园里遇见顾沉白，父母的争吵逐渐被他抛在脑后。

这天放学后，涂言坐在篮球场的旁边看着顾沉白打篮球。顾沉白轻松地一抬手，就进了一个三分球。结束后，顾沉白朝他走过来，问他："言言，想打篮球吗？"

涂言先是摇头，然后又慢慢地点头。

顾沉白笑了笑，又问："到底要不要？"

涂言说："要。"

顾沉白把篮球抛到涂言的手里，趁着放学后四下无人，手把手地教涂言打篮球。

涂言缺乏运动细胞，力气又小，篮球总是扔不远。顾沉白也不会笑话他，只是柔声说："言言很棒，一次比一次更好。"

涂言忍不住弯起嘴角，心情愉悦。

"再来一次，注意手肘要用力。"

涂言努力尝试，终于让球接触到篮圈了。太阳快下山的时候，他才投进人生中的第一个球，顾沉白看起来比他还开心。涂言蒙蒙的，低头看着自己脏兮兮的手，许久之后，忽然抬头朝顾沉白笑了。

顾沉白闯进了涂言小小的世界，像太阳般照亮了涂言的灰暗角落，他们就这样成了朋友。

一切像梦一样。

涂言的心情变好之后，他的生活似乎也逐渐步入了正轨，班主任把他的座位调到了窗边，没有烦人的同学纠纷，他的心情明显更加愉悦了，上课注意力都集中了。

这天他正在看书。

顾沉白走过来敲了敲他的课桌，站在窗边对他说："言言，晚上带你去吃好吃的。"

涂言转着笔歪头想了想，问："什么好吃的？"

"去了你就知道了。"

涂言呆了呆，旋即朝顾沉白笑道："好哇！"

顾沉白带着涂言来到一个位置偏僻的小饭馆，从外面看很不起眼，进去后涂言才发现别有洞天。里面是简约的装修风格，以黑、白、灰三色为主，虽然简单，却在细节处体现低调奢华之感。

"叔叔，我带朋友来尝一尝您这里的招牌菜。"顾沉白和前台的人打招呼。

饭馆老板和顾沉白的父母是多年好友，听见顾沉白的声音，连忙抬起头，笑容和蔼地和涂言打招呼："哎哟，沉白，这还是你第一次带同学上这儿来呢。这小伙子长得真白净，叫什么名字呀？"

"叔叔好，我叫涂言。"

"挺好，挺好。那沉白，你带着同学先坐一会儿，我让厨房做几道招牌菜。"

顾沉白把菜单递给涂言，说道："言言，你再看看有没有其他想吃的菜。"

涂言跟着顾沉白坐在凳子上，仰头对正在给他倒茶的顾沉白说道："我是第一个来这儿的同学？"

顾沉白朝他笑道："嗯。"

涂言很开心，弯起嘴角差点儿哼出小曲儿，顾沉白看着他笑。

虽然顾沉白的口味清淡，涂言的食量又小，但因为老板过分热情，认为两荤一素的菜不够他们吃，又特地给他们加了两道荤菜，餐桌摆得满满当当的。

涂言在顾沉白的示意下尝了尝面前那道色香味俱全的糖醋排骨。

老板走过来，笑着问："小涂，这个排骨的味道还行吗？"

"特别好吃，叔叔，吃了您这一桌菜，我以后都吃不下食堂的饭了。"涂言由衷地称赞道。

"嘿，这孩子的嘴真甜，好吃就多吃点儿，我去给你们拿两只汤碗过来。"

"谢谢叔叔……"涂言看着老板笑呵呵地为他盛汤的样子，突然有些心酸，长这么大，他母亲又给他盛过几回汤呢？

"你若是喜欢，以后可以常来。"一直安静吃饭的顾沉白突然开口道。

涂言停住筷子，呆呆地看向顾沉白。

老板在一旁搭腔："是呀，喜欢就经常来，想吃了就让沉白带你过来。"

"不用的，太麻烦了。"涂言为难地拒绝道。

"这有什么麻烦的？沉白经常来我这里吃饭。"

顾沉白笑着说："是呀，我从小就经常来这里，比起我妈的厨艺，我更喜欢这里。"

老板笑道："这话可不能让顾夫人听到。"

听到他们在打趣，涂言会心一笑，嘴角刚翘起来，就被顾沉白发现了，涂言立刻不好意思地低下头。

"小涂，以后想吃什么菜就直接过来，跟叔叔说，叔叔让厨房做。"

涂言点了点头，表示他以后会常来，老板这才乐呵呵地回到前台。

一顿饭吃下来，涂言简直撑得站都站不起来了。

"虽说今天的菜确实有点儿多，但你也没吃多少哇，怎么撑成这样？"顾沉白翻了半天也没找到健胃消食片，无奈地看着捂着肚子的涂言。

涂言缓了好一会儿，等脸色不再发白，才开口说道："小时候我吃饭很慢，别人都吃完了，我可能还没吃到一半，但那个时候我妈很忙，根本没法儿等我慢慢地吃完，所以她经常一看我速度慢了，就'咣当'一下把碗砸在桌子上，我就一边哭一边吃。久而久之，我对吃饭这事就没什么兴趣了，即使吃，也只能吃半碗饭的量，多了就撑。"

顾沉白听完很心疼，坐到涂言旁边，教涂言："你绕着肚脐顺时针按摩，有助于消化。"

涂言遵照顾沉白的指导，一圈一圈地按着自己的肚子。

良久之后，涂言说："哎，好像真的好一点儿了。"

顾沉白笑了笑，起身给涂言倒了一杯热水。涂言捧着玻璃杯，嫌烫，只抿了小小的一口，抬头问顾沉白："顾沉白，你为什么要带我来这里吃饭？"

"没什么理由，就是想带你吃点儿好吃的。"

"不行，"涂言装出一副凶巴巴的样子，"总要有一个理由吧。"

顾沉白想了想，说："因为我们是好朋友哇。"

好朋友……涂言重复着这三个字，然后忍不住弯起嘴角。

真好，他终于有好朋友了。

齐澜先发现了涂言的变化，因为她发现，涂言不再一放学就钻进自己的房间不和任何人说话，也不会在她和涂飞宏吵架的时候摔东西发脾气了。他现在会坐在院子里安安静静地晒太阳，还会拿着手机和人打电话，一打就是半个小时。

她问保姆。保姆说："小言好像在新学校里交到朋友了。"

齐澜愣了愣，嘀咕道："是吗？"

吃饭的时候她特意问涂言："小言，最近心情好吗？"

涂言只说："还行。"

"新学校怎么样？和同学相处得怎么样？"

"还可以。"

"那就好，"齐澜点了点头，趁机问出想问的问题，"刚刚和谁打电话呢？"

"我的好朋友，他今天参加编程大赛，中场休息的时候打电话给我，跟我讲他的比赛经过。"

齐澜诧然道："你什么时候有好朋友了？"

涂言反问："难道我不应该有好朋友吗？"

齐澜一哂，连忙说："妈妈不是这个意思，你有好朋友，妈妈当然开心，妈妈的意思是你现在还小，会太把同学间的友情放在心上，因为和朋友玩而耽误了学习。妈妈跟你说，不管是朋友还是同学，都只是陪伴彼此走过一程而已……"

齐澜还要说什么，涂言直接打断她的话："才不是，你不要把你的观念强加到我的头上，我很珍惜我的好朋友，我希望能和他做一辈子的朋友。"

"小言！"

涂言不顾齐澜的叫声，放下碗筷转身跑了出去。

他一路往外跑着。

他讨厌齐澜的这些论调，齐澜总是喜欢强调她的豁达、自由，她喜欢四处宣扬她对感情的冷淡，好像"不爱人"是一件多么了不起的事情一样。

但是涂言不想像齐澜那样,他讨厌孤独。

他希望自己能拥有好朋友,不是齐澜所说的那种陪他走一小段路的过客,而是一辈子的好朋友。

他去小区拐角处的蛋糕房买了一个小蛋糕,还跟收银员要了一张小卡片,拿着笔认认真真地在上面写道:"顾沉白,你永远是第一名!"

他打车去了顾沉白参加竞赛的地点,大厅外面等着很多竞赛生的亲友,涂言左顾右盼,没有看到疑似顾沉白的父母的人。听闻顾沉白的父母经营着很大的企业,都工作繁重,应该不会过来,但他在树下看到了一个和顾沉白长得有些像的人,相貌英俊,身材挺拔。

顾沉白好像提过他有一个哥哥。

涂言心里"咯噔"了一下,自己是不是没资格在这里等顾沉白?

他正想着,工作人员走了出来,说:"观众可以进场了。"

涂言被人流挤了进去,编程大赛已经进入尾声,到了颁奖阶段,他在角落找了一个位子坐下,目光在台上扫视。

顾沉白始终那么出众,涂言不费吹灰之力就看到了他。

顾沉白穿着简单的休闲装,额前垂着几绺碎发,看起来随意又英俊,即使只是漫不经心地站在一旁等待成绩,也如芝兰玉树一般。

两边的观众也在窃窃私语，说："那个男孩子长得好帅。"

涂言挺了挺腰背，因为好朋友被夸奖而感到开心。

最后的成绩出来了，顾沉白拿了金奖。

涂言看起来比顾沉白还要兴奋，听到顾沉白的名字时，激动得差点儿捏扁了手里的蛋糕。

大赛结束。

顾沉白不知道涂言来了，结束之后，径直向观众席的顾朝骋走了过去。

顾朝骋起身和他抱了一下，拍了拍他的后背，说："厉害。"

顾沉白爽朗地笑了笑。

顾朝骋忽然压低声音说："后面有一个小孩儿一直盯着你看。"

顾沉白疑惑地转过身，看到捧着蛋糕、表情局促不安的涂言，顾沉白怔了怔，立即走过去喊道："言言？"

涂言突然有些想退缩。他还不太懂如何表达自己的情绪。

"你怎么过来了？"

"我……我就是……"

幸好顾沉白总是能替涂言说出他欲言又止的内容。

"是来祝贺我的吗？"

顾沉白的眼角含着笑意，他伸手拿过涂言手里的蛋糕盒上的小卡片。

"顾沉白,你永远是第一名!"

顾沉白歪着头看涂言的细微表情变化,笑着问:"谢谢言言的祝福,因为有言言的祝福,我顺利拿到了金奖。"

"不是。"涂言突然开口。

"嗯?"

"不是祝福,"涂言认真地纠正,"是我对你的信心。你不管做什么,都会是第一名的,即使不是,在我心里也是第一名。"

顾沉白沉默了许久,然后由衷地说道:"谢谢言言。"

顾沉白和顾朝骋本来约好了一起吃饭,但顾沉白觉得自己的"闷罐子"哥哥和"红眼小兔子"言言在短时间内似乎并不能友好相处,两相权衡,选择暂时委屈一下顾朝骋,便说:"哥,我带言言出去吃,要不你先回去吧?"

顾朝骋上下扫视了涂言一番,没吭声。

涂言对顾沉白这个看起来很不友善的哥哥也没什么好感,低下头噘着嘴。

两个人在默默对峙。

顾沉白哭笑不得。

最后顾朝骋让步,冷声说:"获奖证书给我吧,我帮你拿回家。"

"好。"

顾沉白刚准备把证书递过去,就听见涂言说:"我想看。"

涂言的话音刚落，顾朝骋就眼睁睁地看着自己的弟弟把证书转了一个方向，塞到旁边那个小孩儿的手里。涂言把蛋糕递给顾沉白，让他拿着，然后就捧着顾沉白的获奖证书一本正经地仔细研究。

"……"

顾沉白看着涂言这副模样，只觉得有趣，朝顾朝骋眨了眨眼，说："哥，你先回去吧，我晚上回家再跟你聊。"

顾朝骋冷哼一声，黑着脸走了。

涂言用余光看着顾朝骋，心里后知后觉地有些懊恼。

"言言，怎么了？"

"我好像很不礼貌，不应该这样的。"

顾沉白笑了笑，说："没什么，我哥哥也不太友好。"

"他为什么冷着脸？"

"他从小就这样，不爱笑，其实他这个人挺好的，并没有看起来那样吓人，"顾沉白看着顾朝骋的背影消失在转角处，"下次我们一起出来玩。"

"还是不要了吧，他好像对我有意见。"

顾沉白笑着说："怎么会？！"

涂言两只手拿着顾沉白的获奖证书，一个字一个字地看，然后感慨道："你好厉害呀，顾沉白，一下子就拿了金奖。"

"言言对编程感兴趣吗？"

涂言诚实地摇了摇头。

"那言言对什么感兴趣呢？"

涂言呆呆地摇了摇头。

他从小到大都没有太感兴趣的事情。家庭还和睦的时候，他好像很喜欢扮演动画片里的角色，可以用一个动漫人物的语气说另一个动漫人物的台词，说得绘声绘色，逗得大人们捧腹不止，齐澜还夸他有天赋。但是，很快他的快乐童年就结束了，齐澜和涂飞宏开始永无止境地争吵和谩骂，家里变得乌烟瘴气，涂言一放学就把自己关在房间里，闷闷地躺着，累了就睡觉。

后来他连动画片都不想看了，对一切都失去了兴趣。

顾沉白拎着蛋糕和他一起往外走，对他说："没关系，言言还有很多很多的时间去慢慢思考。"

涂言沮丧地说道："如果我一直找不到感兴趣的事情呢？"

"那也没有关系呀。"顾沉白温柔地说道，"不是能拿奖的兴趣爱好才叫兴趣爱好。喜欢晒太阳，喜欢吃美食，喜欢像我们这样慢悠悠地走在大街上，都是一种爱好。言言只要能让自己一直开开心心的，就是最好不过的事情了。"

涂言听得鼻酸，眼眶湿润起来。

"言言，我们去哪里吃饭？"

涂言对这一带不太熟悉，想了想，提议道："我们去小公园里野餐，好不好？"

他一说出这个提议就后悔了。顾沉白拒绝了自己的哥哥,特意陪他吃饭,结果他什么都没想好,还脑袋一热地说要去公园里野餐。从其他人的角度看,自己简直是既不好相处还讨人厌。

他都不知道顾沉白为什么要和他做朋友。

顾沉白简直是积福行善的菩萨。

就在他陷入懊恼情绪的时候,顾沉白突然提高了音调,笑着说:"好主意!我们去公园野炊,正好赵叔的饭店里有烧烤装备。走,我带你去。"

涂言蒙了,抱着顾沉白的获奖证书,一路跟着他去了上次去过的饭馆。顾沉白从饭馆里拎了一堆东西出来,又带着涂言来到一处僻静却风景秀丽的草地上。

涂言在鸣市生活了十几年,还是第一次来这个地方。他四处看风景,一回头看到顾沉白在忙碌,又不好意思地跑回去帮忙。

顾沉白递给他消毒湿巾。

涂言问:"我能帮你做些什么?"

"言言戴着手套把肉串穿一下。"

"好。"

于是他们两个人分工合作,顾沉白研究烧烤架,涂言穿肉串,两个人一边聊天一边准备野炊的东西。涂言主动说了很多自己家里的事情,还跟顾沉白讲了中午他母亲说的话——不管是朋友还是同学,都只是陪伴彼此走过一程而已。

"她的原话就是这样，"涂言气鼓鼓地说，"她是一个悲观主义者，还觉得自己这样才是豁达、正确的，你说气不气人？！"

顾沉白思索片刻后，说："倒也没错。"

涂言"噌"地一下站起来，难以置信地问："你什么意思？"

顾沉白竟然敢不站在他这边？

顾沉白拉着涂言重新坐在垫子上，笑着说："听我说完，言言，我觉得你妈妈说的话有一定的道理，但是世界上的一切定论都有例外，例外才是最动人的。"

涂言蒙蒙地望着顾沉白。

"我也有很多只陪伴我一程的朋友，我们之前还在一起打篮球，升学分班之后就再也见不到面了。这样的朋友有很多，能陪伴彼此一段时间就已经很棒了，我们不需要太遗憾。"顾沉白望向涂言，嘴角挂着温和的笑容，"但是有些人，能陪着彼此走完一程又一程，经历了风风雨雨，依然是彼此生命中很重要的一部分，那是例外，也是最值得珍惜的。"

涂言似懂非懂，说道："这样的朋友很难得。"

"当然，需要运气的。"

他们相视而笑。

烧烤架终于可以开始工作，顾沉白把涂言穿好的烤串一一摆上去，先是一阵烟熏火燎，很快就传出肉香，顾沉白用颇为专业的架势撒了一把孜然和烧烤料，然后把第一根烤熟的羊肉串给涂言。

涂言开心地接过来，咬了一口，说："好吃。"

顾沉白大受鼓舞，一连烤了一盘，等烧烤堆成小山，两个人就并排坐在野餐布上，面对着湛蓝天空和远处的碧绿湖水，中间是一盘烧烤、一块蛋糕，还有两杯饮料。

除了蛋糕，其他东西都是顾沉白从饭馆老板的店里搜刮来的。

涂言和顾沉白分享了蛋糕，然后涂言对着这秀丽风景忽然开口说："我觉得我挺幸运的。"

"怎么说？"

涂言却闭口不谈，只说："我觉得自己现在很幸运，很开心。"

顾沉白也不再追问，莞尔道："那就好。"

"顾沉白，"涂言忽然拿起饮料和顾沉白碰杯，说，"谢谢你的出现。"

顾沉白出现的那天，阳光照进了昏暗的巷口。

杯子碰撞在一起，发出清脆的响声，微风徐来，从此涂言的人生变得明亮且温柔。

PRODUCTION 夏日少年
SCENE A001
SCENE 3
TAKE 11

番外四　　平行世界

十六岁的谢之遥离家出走了。

他的梦想是成为明星，想以唱跳练习生的身份出道。就在前几天，他将他这么多年存的几万块压岁钱全都交给了练习生培训机构，机构暑期开课，表现优异者有推荐名额。这件事被他父母知道之后，家里迅速掀起惊涛骇浪。

母亲指着他骂："只要我们在一天，你就别想当明星，这辈子都不可能！"

父亲也说："你给我好好念书，考不上大学，有你好受的！"

谢之遥被关在家里整整两天。这天趁着夜深，他找到机会，留了一封信，就背着大大的书包逃了出去。

他手上只有三百块钱。

逃到街上，他才悲催地意识到，他没有身份证，而且是个未成年人，住不了宾馆。

正当他漫无目的地在公园里游荡的时候，有人给他指了一条路，说："公园西侧有一个小宾馆，四个人一间，一晚上只要二十块钱,你没有身份证的话,押学生证也可以。"

谢之遥大喜过望,立即跑了过去。

结果谢之遥还没等到那边,半路突然蹿出来一道黑影,直冲着谢之遥跑过来。谢之遥一开始没反应过来,准备避让,谁承想那人目标明确,手一伸,抓住了谢之遥的书包。

"你干吗?"谢之遥惊慌失措,尖叫出声。

借着路灯的光,谢之遥这才看清面前的这个人。原来是一个衣衫褴褛的流浪汉,这人穿着破旧乌黑的短袖,头发乱蓬蓬的,胡子拉碴,浑身弥漫着酒气,凶神恶煞地望向谢之遥,狠声问:"带钱了吗?"

"没……没有。"谢之遥哆哆嗦嗦地说。

流浪汉的目光瞬间变得凶狠,谢之遥的眼泪夺眶而出,他全身上下就只有三百块钱,给了这个人,他拿什么度过这个暑假?

不行,绝对不行。

生存的压力一瞬间让胆怯的情绪消退,谢之遥发了疯似的尖叫,用尽所有力气拽扯自己的书包,流浪汉担心谢之遥喊来公园的巡警,于是作罢。谢之遥抱着书包就往外跑,穿过黑漆漆的林子,跑向不远处亮着霓虹灯的地方。

他穿过路口时,左边有一辆路虎车开了过来。

刺眼的车灯让谢之遥睁不开眼,脑袋也停止运作。

千钧一发之际,对方踩了急刹。

谢之遥看着离自己只有半米不到的车，吓得彻底慌了神，摔倒在地。

片刻之后，他抱着膝盖哭了起来。

顾朝骋下了车，看着地上这个疑似碰瓷的小家伙，问道："受伤了吗？"

谢之遥摇头道："没有，对不起，是我没看路，对不起，可是我……我无家可归了。呜呜呜……"

他哭得好伤心。

顾朝骋只觉得莫名其妙，见谢之遥的确没受伤，于是回到车里准备离开。

谢之遥边走边哭，眼泪快要流干的时候，刚刚那辆路虎又缓缓地停在他面前，车窗降了下来，露出顾朝骋那张严肃又英俊的脸。

"需要帮忙吗？"顾朝骋问。

谢之遥抽噎地抬起头，慢半拍地说："需要。"

他看了看自己的书包，又看了看顾朝骋的车，泪眼婆娑地说："可是……我只有三百块钱。"

顾朝骋无奈地说道："天太晚了，先上车吧。"

"这是客卧。

"洗衣机在阳台上，阳台在那边。

"有厨房，厨具都是新的，没用过。

"我不会做饭,所以家里不开伙,楼下转角处的嘉华酒店是我名下的,酒店经理会提前给我准备好中饭和晚饭。餐厅在酒店的二楼,你今晚可以去尝一尝,如果觉得还行,就在那边解决三餐吧。"

顾朝骋把零零碎碎的事情都交代完,转头问谢之遥:"还有什么不清楚的地方吗?"

谢之遥的脑袋空白了几秒,然后又快速恢复,他正襟危坐着说:"都清楚了。"

顾朝骋又站起来,三两步迈到玄关,拿起一个小东西,说:"这是钥匙,如果你忘带了,门外鞋柜第二层里面还有一把。"

谢之遥忙不迭地接过钥匙,说道:"谢谢。"

"不用。"

客厅陷入沉默气氛之中。

谢之遥茫然地看着自己脚下的昂贵地毯,还没反应过来发生了什么事,这位年轻英俊的好心人给他提供了住处,他不是无家可归了。

"谢谢。"谢之遥由衷地说。

顾朝骋简短地回应:"没事。"

"您工作了吗?"顾朝骋看起来年纪不是很大。

"大四实习。"

"哦,"谢之遥点了点头,"谢谢您,等培训班开课,我就不会打扰您了。"

顾朝骋乐于助人但并不挂心,随意地"嗯"了一声,便去了书房。

接近晚上十一点半,一般这个时候谢之遥已经洗完澡躺在床上刷了十几分钟QQ空间和微博,准备酝酿睡意了。可这天谢之遥静不下心来,正坐在陌生的房间里,听着隔壁传来的年轻房东的脚步声。

今天幸亏有顾朝骋,不然他今晚估计要流落街头。

其实顾朝骋长得也挺凶的,身高有一米九左右,肌肉健硕,可有些人长得就合人眼缘,即使素昧平生,也能一见如故,谢之遥竟然一点儿都不害怕顾朝骋,反而凭空生出很多信赖感来。很奇怪,顾朝骋在谢之遥这里有点儿"似是故人来"的意思,明明是第一次见面,并不知道对方的底细,他竟然就这样毫不设防地跟着顾朝骋回了家。

当然,这个时候他才十六岁,"新人"还没见几个,自然谈不上"故人",可他的脑子里就是突然冒出了这五个字。

忽然间,隔壁的脚步声越来越近,谢之遥有点儿紧张。

顾朝骋把从衣柜里拿出的一摞米白色的床上用品三件套交给谢之遥,说:"我妈上个月给我买的,才洗的,还没用过,你如果不嫌弃……"

"不嫌弃,不嫌弃。"谢之遥连忙拿过床上用品,抱在怀里,"谢谢了。"

谢之遥偷偷看着顾朝骋，顾朝骋的个子很高，肩膀很宽，穿着一身黑色的休闲服，头发短短的，不杂乱，整个人显得很挺拔。

谢之遥回过神来，开始尝试着铺床，但实在缺乏生活经验，动作笨拙得像是一只小企鹅。顾朝骋实在看不下去，走上前帮他铺床，谢之遥缩着手站在旁边。

直到顾朝骋铺好床转过身来，谢之遥才说："谢谢。"

谢之遥简单收拾完自己的东西，准备去卫生间洗漱，路过主卧时，见顾朝骋已经躺在床上玩手机了。

顾朝骋转头朝谢之遥看了一眼，很自然随意地说了句"晚安"。

谢之遥"嗯"了一声，然后迅速钻进卫生间，尽量轻声地洗脸刷牙。洗漱完，他把自己的刷牙杯放在水池边，把毛巾叠起来放在刷牙杯子上，不占空间。

再出来时，他也故作淡定地朝顾朝骋说了句"顾先生，晚安"。

第二天醒来，谢之遥猛地睁眼，发现还是身处这个陌生的房间。

他做了个噩梦，梦里顾朝骋没有出现，他面前站着那个恐怖的流浪汉。

幸好那只是一场噩梦。

这时候他听见顾朝骋的脚步在往房间靠近,"咚咚"两声门响后,顾朝骋在门外问:"醒了吗?"

谢之遥吓得连忙拽起被子裹住自己,放大声音回答道:"醒了。"

"我要出去买早饭,你想吃什么?"

谢之遥松了一口气,哪里好意思大大咧咧地选择吃什么,只说:"我出去买吧。"

"没关系,我正好要晨跑。"

"那就……和您一样吧,我不挑食的。"

顾朝骋说:"好。"

很快,谢之遥就听到关门声,连忙跳下床换衣服。

"昨天没来得及正式做一下自我介绍,我叫谢之遥,是江河中学高一(3)班的学生。"

谢之遥站在桌边,看着顾朝骋把两杯牛奶放进微波炉里,不知道自己此时应该做什么,有点儿无所适从。

顾朝骋把加热的时间调成一分钟,然后走出来,从袋子里拿出他刚买回来的早点——一盒烧卖、一盒煎饺。他打开盖子,里面的食物正软软嫩嫩地叠在一起,还散发着热气。谢之遥本来不怎么饿的,但这份早餐实在色香味俱全,他光是看着就不由得咽了一下口水。

顾朝骋把东西摆在餐桌中央,转身去拿筷子,说:"嗯,还在上学?"

"现在放暑假。"

"离家出走了?"

谢之遥不好意思地低下头,回道:"是,我和我爸妈吵架了,因为我报了一个练习生培训班,我爸妈不同意我当明星。虽然……虽然我也知道希望渺茫,但我还是想试一试!我不是为了赚大钱才想当明星的,是真的很喜欢跳舞,真的很喜欢。"

"培训班什么时候开始?"

"下周。"

正好这时候微波炉"叮"地响了一声,顾朝骋转身去拿牛奶,把谢之遥从尴尬情绪中解救了出来。

谢之遥讪讪地接过牛奶,问道:"您是不是也觉得希望渺茫?"

"没有。"

"谢谢,您是我身边唯一一个没有嘲笑我的人。"

"为什么要嘲笑你?"

"就是觉得很荒唐吧,中国那么大,有多少人能出名呢?"

"我觉得没什么荒唐的,有想做的事情挺好的。"

谢之遥惊喜地说道:"真的吗?"

"真的。"

"有了您的这句话,我就有勇气了。"

顾朝骋破天荒地勾了勾嘴角,谢之遥一边喝牛奶一边傻笑,随后谢之遥放下牛奶,咬了一口烧卖,糯米软硬适中,鸡汁已经全部渗了进去,味道浓而不腻。他赞道:"好好吃呀。"

"确实好吃,我在这家已经吃了快十年了。"

"看来是老字号了。"

"也不算,这家的老爷子是第一代,店铺开了不过十几年时间。现在他年纪大了,慢慢地就把店铺交给女儿、女婿了。"顾朝骋聊起这个,眉头都蹙了起来,很认真地向谢之遥解释这家烧卖店的"前世今生"。

大概是投入情绪的缘故,顾朝骋没发觉自己的语气里少了些冷淡意味。谢之遥终于缓过神来,他被人收留了,终于可以迈出追逐梦想的第一步。

他一直悬着不敢放下的一颗心,终于稳稳地落回了原处。

"不过我还是只在他家买早餐。"

谢之遥握着筷子回道:"我理解,我也会这样,喜欢上什么东西就不太愿意改变了。"

谢之遥发现顾朝骋偏爱烧卖,对蒸饺兴趣不大,就不动声色地多吃了两只蒸饺。喝完牛奶,他放下筷子,说:"很好吃,要不明天我来买早饭吧。"

顾朝骋不出意料地拒绝了他:"不用,我要晨跑,正好顺路，还有，不用一直称呼'您'。"

谢之遥腼腆地笑了笑，说："好。"

随后他又说："你早上还晨跑哇，好自律，我要向你学习。"

顾朝骋喝了一口牛奶，回道："我习惯了。"

"我明天可以和你一起晨跑吗？"

"可以。"

第二天，谢之遥洗了手，在书包里翻了翻适合晨跑的衣服，最后翻出来一件卫衣短袖和一条工装短裤，卫衣上绣着大大的"freedom"（自由），很符合他此时的心情。

等他换好衣服从房间里出来，就见顾朝骋已经穿着运动服在沙发上等他了。谢之遥朝顾朝骋笑道："顾先生，我们出发吧。"

昨日下了一夜的雨，早上起来空气都清新了不少，天空湛蓝辽远。因为是星期日，街上没有堵塞不堪的车队长龙，这让谢之遥心情大好，他转头望向顾朝骋，却猛地和顾朝骋四目相对。顾朝骋似乎是在打量谢之遥，疑惑这个小家伙怎么总是能量满满。

"顾先生，我们去哪里跑步？"

"前面有一个体育场。"

"哦，这里离我家有点儿远，我不太熟悉这里。"谢之遥紧紧地跟着顾朝骋。

"顾先生,你怎么一个人住哇?你的家人呢?"熟悉之后,谢之遥开始暴露他的话痨属性。

"成年了不该一个人住吗?"

谢之遥咧了咧嘴,说:"也是,可能是因为我还没成年吧,我以为大部分人在工作之前会和家人住在一起呢。"

"我家人和我相处不来,"顾朝骋顿了顿,补充道,"除了我弟弟。"

"为什么?"谢之遥不理解,明明这位顾先生温柔又善良。

顾朝骋照顾着谢之遥的步速,慢慢地往前跑着,边跑边答道:"可能是因为他们觉得我比较闷,看起来很严肃,不随和。我弟弟很优秀,所有人都喜欢他,相较之下,我就显得很不讨喜。"

"兄弟之间有什么好比较的,每个人都有自己闪光的地方。顾先生,我不知道你弟弟怎么样,但我觉得你很好。"

顾朝骋愣了愣。

"超级好!"谢之遥强调。

他的眼睛亮晶晶的,目光灼灼,他像是在郑重宣告。

顾朝骋朝他微笑,说:"谢谢。"

到了体育场,谢之遥一开始还兴致勃勃的,但很快就"电量"不足,慢吞吞地往前挪着。他实在跑不动了,气喘吁吁地弯腰撑住膝盖,脸颊通红。顾朝骋已经多跑了一圈,在他身边稍停，戏谑道："明星的演唱会好像一开就是好几个小时吧。"

谢之遥反应过来，立即充满"电"，做了两次深呼吸，一溜烟跑到顾朝骋前面去了。

最后他是被顾朝骋扶回家的，两条腿像灌了铅，动一下都难受。他眼泪汪汪地说："我这样的……这样的体力，是不是当不了明星啊？"

顾朝骋无奈地笑道："可以的。"

谢之遥抽了抽鼻子，问："真的吗？"

"真的。"

"我会加强锻炼的。"

回到家，谢之遥一觉睡到下午，顾朝骋都下班回家了，他还在睡。直到听见声音，他才迷迷糊糊地开了灯，问顾朝骋："几点了？"

"六点。"

"啊？早上六点还是下午六点？"

"下午。"顾朝骋拎着两份饭，朝谢之遥招了招手，"过来吃饭。"

晚餐和早餐一样丰盛，有红烧牛腩、白胡椒猪肚鸡汤、蒜薹炒肉，还有一份清炒时蔬。

谢之遥差点儿流口水，说道："味道也太香了吧。"

"尝尝。"顾朝骋把筷子递给他。

谢之遥差点儿哭出来，感激涕零地吸了吸鼻子，说："顾先生，你真是大好人。"

"快吃吧。"

"不，我就是要说，你是我长这么大见过的人里面最好的一个。"

顾朝骋怔了怔，然后说："谢谢。"

谢之遥这几天过的可谓是神仙日子，没有父母在他耳边聒噪，没有同学嘲笑说他想当明星是痴心妄想。

他反反复复地问顾朝骋："顾先生，你真的相信我能当明星吗？"

每一次顾朝骋都会耐心地回答："相信。"

谢之遥哼着小曲儿缩进沙发里。

几天之后，谢之遥正式开始了他的训练生活，为了答谢顾朝骋的收留之恩，他把自己仅有的三百块钱给了顾朝骋。顾朝骋不仅没有收，还偷偷往谢之遥的书包里塞了三千块钱。

谢之遥住进训练基地后才发现，看着手里的信封，鼻酸到想要流泪。

这个萍水相逢的人竟然是这个世界上唯一相信他且支持他的人。

他给顾朝骋发微信消息，说："哥哥，等我当了明星，一定会还一百倍的钱给你。"

顾朝骋回复:"加油。"

谢之遥真的很努力,每天都训练到深夜,舞蹈室里就剩他一个人,只有天上的星星做伴。他对着镜子一遍又一遍地训练,跳到浑身是汗,衣服都能拧出水来。

连队友都夸他拼命。

老师问他:"谢之遥,你就这么想出道吗?"

谢之遥点头,说:"我不能让相信我的人失望。"

顾朝骋来找过他一次,带了很多好吃的东西。谢之遥抱着大大的包裹,兴奋之后情绪忽然变得低落,小嘴一点点地往下撇。

顾朝骋不解道:"怎么了?"

"你这样很容易瓦解我的信念!"

吃人嘴软还倒打一耙,没良心的小家伙。

"我好不容易坚持了半个月不吃碳水、不吃甜品、不吃膨化食品。"

"那怎么办?"顾朝骋伸手去拿包裹。

谢之遥立即把包裹藏到身后,说:"我要……要的。"

顾朝骋笑了笑。

谢之遥坐在顾朝骋的车里,喜滋滋地吃了半盒蛋糕和半桶全家桶,然后摸了摸自己的肚子,哀号道:"完了,我的减肥大业中道崩殂了。"

顾朝骋给他递纸巾,说:"你还在长身体,不能节食减肥。"

"戒碳水不行吗?"

"不行,你每天这么大的运动量,还戒碳水,对身体很不好。"

"会长不高吗?"

"会的。"

谢之遥大吃一惊道:"那我以后一定好好吃饭。"

"不能不吃主食,多吃乳制品。"

谢之遥乖乖地说:"好。"

"不要太辛苦了,多多休息。"

"好。"

顾朝骋临走前,谢之遥又追上去,抬头认真地说道:"我一定会出道的,我出道的那一天,如果我邀请你来看演出,你会来吗?"

谢之遥的眼睛依旧是亮晶晶的,像是藏着满天星河,他依旧对未来抱着无限的期待和向往之情。

顾朝骋被这种青春气息打动,温柔地笑了笑,说:"当然会。"

谢之遥笑得露出浅浅的酒窝。

后来谢之遥开始了白天上课、放学去舞房的忙碌生活,忙碌但充实。

他每天背着书包上学，放学之后简单地吃一份鸡胸肉三明治，就去训练营上舞蹈课和声乐课，上到晚上十点半，然后再回家做作业。

谢之遥的自律和努力很快就见了成效，他在第一季度的小组测试里拿到了第一名，甚至有星探向他抛来橄榄枝。谢之遥询问顾朝骋的意见，顾朝骋建议他认真念完高中，不要完全放弃学业，谢之遥说"好"。

"你这么相信我？"顾朝骋问。

"相信，你说的话总是对的。"

"为什么？"

"因为你也相信我，你从来没有嘲笑过我的梦想，我相信你就像你相信我一样。"

顾朝骋沉默了许久。

谢之遥又说："在我心里，你超级厉害，超级无敌厉害。"

顾朝骋莞尔。

谢之遥遵照顾朝骋的建议，拒绝了星探的邀请，拒绝早早进入浮华的花花世界，依然认真地念书、考试、练舞、比赛，高中毕业后，他考上了一所艺术类大学。

这时候，一家娱乐经纪公司找到他，和他签了约。

在经历了一年的魔鬼式训练之后，第二年，谢之遥终于出道了。

出道舞台表演定在六月五号。

顾朝骋那天正好出差,谢之遥一下子就哭出来了,又不想表现得太不懂事,哭完了抹干眼泪笑着对顾朝骋说:"哈哈,那你就错过我的初舞台表演了哦,不过没关系,有视频的,到时候我发给你。"

顾朝骋没说什么,只说:"之遥,加油。"

谢之遥不眠不休地彩排。

六月五号这天,他换好衣服,化好妆,一个人坐在休息室里做深呼吸。

他给顾朝骋发消息:"哥哥,我很紧张。"

顾朝骋回复:"不要紧张,你练习得那么好,你很棒的。"

"可是我还是很紧张。"

谢之遥的消息刚发出去,门就被人敲响了,他愣了愣,起身去开门。

顾朝骋站在门外,朝他笑道:"现在还紧张吗?"

谢之遥差点儿把妆哭花,顾朝骋哭笑不得地看着他,说道:"怎么动不动就哭哇?"

"你总是让我的心情大起大落的。"谢之遥问,"哥哥,你是特意赶过来的吗?"

"是。"

"谢谢。"

顾朝骋捏了一下谢之遥衣服上的花瓣,说:"应该的。

之遥，不要害怕，你已经很努力了，努力到极致，不管做成什么样，都是无可指摘的，你在我心里已经是熠熠生辉的大明星了。"

"表演结束之后，我想吃鸡汁烧卖。"

顾朝骋笑道："我去买。"

谢之遥做了三次深呼吸，然后和队友们一起走上台。

镁光灯和镜头在同一时间对准舞台，谢之遥站在最前面，他的脸出现在屏幕上，现场响起欢呼声。

谢之遥一瞬间有些失神，但他在观众席中捕捉到了顾朝骋的身影，顾朝骋的眼神似乎在说"表现得很好"，谢之遥很快就露出自信的笑容。

音乐声响起，谢之遥随着节奏摆动身体。

几年高强度的训练，让他在跳舞时变得游刃有余，每一次转动、抬手、扭胯和跳跃，都像教科书一样完美，观众席上传来一阵又一阵的欢呼声，气氛瞬间被点燃，达到高潮。

一曲结束时，众人高喊着组合的名字。

自己终于，出道了，辛苦没有白费。

谢之遥看着长枪短炮似的摄像机，露出毫不胆怯的笑容。

表演结束后，记者们争相采访组合成员，有人问谢之遥:"出道前经历了好几年的艰苦训练,现在顺利出道,你最感谢谁呢?"

谢之遥沉默片刻,然后对着镜头说:"我想感谢一个人,我当时为了追求理想离家出走,身上只有三百块钱,是他帮了我,他给我住的地方,给我买好吃的,还带着我晨跑。我问他'你相信我能出道当明星吗',他很认真地说'我相信'。他的一句'我相信',一直支撑着我走到现在,所以我最想感谢他。"

采访结束后,谢之遥换了衣服,背着书包冲出化妆间,到处寻找顾朝骋的身影,最后在舞台边找到了他。

顾朝骋看着关掉的镁光灯和音响,然后转身望向谢之遥。

谢之遥朝他笑道:"我成功了。"

"祝贺。"顾朝骋朝谢之遥招了招手,"走吧,我们去吃烧卖。"

谢之遥蹦蹦跳跳地跟着他。

"还要吃三鲜蒸饺!"

"好。"

"炸鸡!我想吃韩式炸鸡。"

"你吃得下吗?"

"当然吃得下,还有冰激凌蛋糕。"

"没问题。"顾朝骋笑了笑。